TILL
THE END
OF THE
ROAD

我先爱为敬

宋小君 著

四川文艺出版社

图书在版编目（CIP）数据

我先爱为敬 / 宋小君著 . -- 成都 : 四川文艺出版
社 , 2021.10

ISBN 978-7-5411-6043-1

Ⅰ . ①我… Ⅱ . ①宋… Ⅲ . ①短篇小说—小说集—中
国—当代 Ⅳ . ① I247.7

中国版本图书馆 CIP 数据核字 (2021) 第 168473 号

WO XIAN AI WEI JING

我 先 爱 为 敬

宋小君 著

出 品 人	张庆宁
出版统筹	众和晨晖
选题策划	关 耳
责任编辑	陈 纯 彭 炜
责任校对	汪 平
封面设计	蒙奇书装
版式设计	孙 波

出版发行　四川文艺出版社（成都市槐树街 2 号）
网　　址　www.scwys.com
电　　话　028-86259287（发行部）　028-86259303（编辑部）
传　　真　028-86259306

邮购地址　成都市槐树街 2 号四川文艺出版社邮购部 610031
印　　刷　大厂回族自治县德诚印务有限公司
成品尺寸　145mm×210mm　　开　　本　32 开
印　　张　8　　　　　　　　字　　数　160 千
版　　次　2021 年 10 月第一版　印　　次　2021 年 10 月第一次印刷
书　　号　ISBN 978-7-5411-6043-1
定　　价　49.80 元

— 献给深情者 —

CONTENTS

目 录

现 在

过 去

01

宠物葬礼

路不见从通州买回来一只柴犬，取名叫"肥梦"，结果只和他相处了不到两个月，肥梦就患了病。

路不见抱着肥梦四处求医问药，医生们一致认为肥梦得了狗瘟，没救了。

时值路不见一生中最糟糕的日子，女朋友夏沫离他而去，肥梦成为路不见唯一的寄托。

肥梦总喜欢抓鸟，只要有鸟和飞机飞过，它就抬头对着天空吼叫。

非常吵闹。

路不见不知道一只狗干吗心怀天下，还想着飞上天不成？

路不见最后一次带着肥梦去宠物医院，医生告诉他，这狗本来就活不久，卖给你的时候，看着精神，是因为被狗贩子打了兴奋剂。

据说通州许多狗贩子都是如此。

路不见咒骂狗贩子祖宗十八代，抱着已经不能自己走路的肥梦走出来，被一个女孩拦住。

女孩高举招牌：宠物葬礼。

女孩拦住路不见的去路，盯着路不见怀里的肥梦，你这狗不行了，你应该给它办个葬礼。

路不见极其恼火，一来，肥梦还没死；二来，他怎么也想不到如今消费主义到了这种程度，什么坑钱的玩意儿都有。还宠物葬礼，我不妨告诉你，我前女友死了葬礼我都没参加。

女孩一愣，告诉路不见，前女友只陪你一段时间，而宠物陪你一辈子，孰轻孰重你分不清？你不给它办个葬礼你就是无情冷酷还不孝。

路不见张大了嘴，说不出话。

女孩说完，丢了一张名片给他，路不见拿起来看，名片上写着：承办宠物葬礼，陈无敌。

陈无敌招呼路不见，有需要的时候找我。

路不见抱着肥梦走在路上，天空中有鸟飞过，肥梦又对着天空中的飞鸟用极其微弱的声音吠叫。

路不见抬头看，鸟儿成群结队，追云逐雾，不知道要飞向哪里。

路不见有了个想法。

六环外，北京唯一不禁飞无人机的区域。

一架无人机正在空中盘旋，底盘上一根绳子垂下，吊着一只狗，正是肥梦。

肥梦身在半空中，飞鸟经过它时奇怪地看着它，肥梦吼叫打招呼，一改往日病恹恹的样子，兴奋莫名，叫个不停，就这样在死之前实现了狗生夙愿，令人感动。

地面上操控无人机的路不见一脸欣慰，看来有些兴奋不用兴奋剂也能实现。

肥梦吃完最后一口狗粮，死在了路不见怀里。

路不见心里堵着一口气，却怎么也哭不出来，心里的痛苦，路不见不知道跟谁说，怎么说，人这一辈子，许多悲伤无法感同身受，只能自己熬过来。

深更半夜，找不到酒，他冲进厨房，把用来做菜的大半瓶料酒喝了，心里才稍微平静了些。

肥梦的尸体瘦弱不堪，叫它肥梦甚至有点残忍。

路不见盯着肥梦的尸体，突然就觉得这个宠物葬礼应该办。

他从裤兜里翻出陈无敌的名片，一个电话打过去，问道，办个宠物葬礼多少钱？

陈无敌说，明天面谈。

咖啡馆里，陈无敌翻着手机给路不见展示，你可以选择火葬、土葬、水葬，人类的丧葬文化应有尽有，每一种价格都不一样。

路不见都看蒙了。这么说吧，肥梦就喜欢飞，它可能以为自己是只飞狗，我就想让它飞上天，你有没有类似的葬法儿？

陈无敌想了想，那就是需要定制，我这里提供定制。

六环外，靠近河北地界，陈无敌正在照料着一笼子鸽子。

肥梦已经事先被火化成一茶叶罐的骨灰，路不见和陈无敌在背风处，小心翼翼地把骨灰分批装在鸽子脚上的气压罐里。

路不见亲自打开鸽笼，放飞了鸽子，目送鸽子越飞越高，气压罐到了空中，盖子被压力顶开，肥梦的骨灰就成了云朵的一部分。

不知道是不是被撒下来的骨灰迷了眼睛，路不见双眼通红。

陈无敌感叹，我说过，我们跟宠物的感情，比跟前任要深，你看你哭成什么样了，角膜发炎了都。

路不见苦笑。

回去的路上，路不见问陈无敌，你一女孩子，怎么想到干这一行？

陈无敌说，宠物的钱好赚。再者说，宠物陪了人一辈子，人花点小钱，给它们办一场体面点的小型葬礼，多好，这事儿不挺有意义吗？

路不见点点头，不得不承认陈无敌说的有道理。

陈无敌又补充，不过这只是我的副业。

此时，陈无敌电话响起，跟客户约看房时间。

挂了电话，陈无敌猛拍路不见的肩膀，又递给路不见一张名片，想买房租房记得找我啊。

路不见接过来看，名片上写着：

你身边的房产顾问　小陈。

♥ 我先爱为敬

路不见确实想搬家。

现在住的一室户，每一块地板，每一片墙皮上，甚至连浴室里的霉菌，都充满着他和夏沫的回忆。

原本路不见希望通过肥梦在家里没日没夜地破坏、折腾，让这些回忆淡化，但收效甚微，现在连肥梦也离开了他。

他变得出奇地怕黑。

一走进楼道就拼命跺脚叫醒声控灯。

晚上他甚至不愿意到床上睡，一个人睡在客厅沙发上，因为这里没有窗帘，月亮能透过窗户照进来，让他不至于完全睡在黑暗里。

路不见自己还发了条矫情的微博，说，孤独的人都怕黑。

连续失眠一个多礼拜之后，路不见终于受不了了，他打电话给陈无敌，想换一个房子。

陈无敌问路不见，对房子有什么要求，路不见说基本上没有要求，唯一的要求就是尽快搬家。

但到了陈无敌真的带着路不见去看房子，路不见很快就成为她从业以来最难缠的客户。不是嫌弃房子采光不好，就是价格太高承受不起，就连房东是处女座他也无法接受，理由是容易产生大量纠纷。

为了挣钱，陈无敌强行压抑住自己想要当场弄死路不见的冲动，把官方微笑挂在脸上。

陈无敌带着路不见看了一天的房子，累得腰酸背疼腿抽筋。天黑的时候，陈无敌说我必须要先办点私事，路不见也无处可去，就跟着陈无敌一起，去了一个叫"未来城"的烂尾楼小区。

未来城荒废至少有六年了，房子建了一半，开发商卷着头款跑路，留下一大批讨债的工程队，以及付了期房首付的买家。

买家们怒不可遏，却又投诉无门，只能定期来这里烧纸，挂花圈，诅咒开发商去死。

这一闹，这里更没有人敢接手。

盖了一半的房子，水泥钢筋还露在外面，狰狞万分，丑陋不堪，像一艘降落在这里的太空船残骸。

路不见跟着陈无敌摸进烂尾楼，周围杂草丛生，到处堆着建筑垃圾，月光照出形状古怪的影子，有点惊悚。

路不见又不想在女孩子面前露怯，猛烈地睁大眼睛，生怕陈无敌一时间消失不见，然后持刀归来，向路不见袒露身份，其实我是个烂尾楼连环杀人狂。

路不见越想越怕，陈无敌头也不回，气也不喘，一口气带着路不见爬上了顶层。

到了天台的时候，路不见已经瘫软在地上，吸着气，像一台老旧发动机。眼前陈无敌打开自己的背包，拿出猫粮，一群猫咪不知道从哪里蹿出来，簇拥着陈无敌，显然是老相熟。陈无敌开心得变了形，逐个儿把猫咪抓过来，给猫咪滴耳药。

路不见看得呆了，你一直照顾这些流浪猫啊？

陈无敌在一团猫咪的浪花里翻腾，百忙之中，回答路不见，可不嘛，这里每一只猫咪我都亲手给它们做了绝育手术。

路不见觉得裆下一凉，打了个冷战，难怪你有一股子杀气。

陈无敌哈哈大笑。

猫咪们争抢着食物，路不见和陈无敌瘫在一旁欣赏着它们。

陈无敌说，人要是养了宠物就不应该抛弃它们，要不然就别养，不能养了一半又不想养了。

路不见看着那群流浪猫，心生感慨，我觉得我也是个被抛弃的宠物。

陈无敌看了路不见一眼，那我希望你找到一个新主人。

路不见叹息一声，我以后可不想做宠物了。

陈无敌打了个哈欠，走吧，这里晚上闹鬼。

路不见赶紧跳起来。

陈无敌终于给龟毛的路不见找到一处合适的房子，路不见交了押金，准备立马搬家。

陈无敌主动请缨，我也有搬家这个业务，找我吧，一条龙服务，给你打折。

路不见惊了，你到底有多少个副业啊？

陈无敌耸耸肩，我啊，就想多赚点钱。

路不见问，赚那么多钱干吗，累不累？

陈无敌"切"了一声，累？糊口啊大哥。对我来说，钱比男人靠谱儿。什么时候搬家，给我打电话。

路不见面对着家里打包好的箱子，一时间有些难过，这下回忆都封装在这里了。

当初和夏沫一起找到这里的一室户，和房东磨了半天，房东答应给三千块的装饰费用，两个人大大小小的旧货市场跑了好几天，买下一堆二手家具，把房子布置成家的样子。

如今这个家已经缺了一半儿，装进箱子里的只有路不见的一堆东西，其他二手家具全都留在了这里，人要是带着回忆到处跑，很容易痛苦得死在半路上。

陈无敌一身工装，和路不见搭手把箱子搬到一辆脚蹬三轮车上。

路不见看着三轮车上喷绘的"无敌搬家"四字，一时间有些错乱。

陈无敌跳上三轮车，招呼路不见上车，站起来蹬车而去。

路不见的"家"在身后越来越远，一切回忆都要离他而去，而他还没有想好要怎么开始新生活。

陈无敌蹬到上坡路，蹬不动了，三轮车一直往下溜，她喊路不见下来推车。

路不见没有办法，跳下来吭哧吭哧推车，又接替陈无敌当了一个小时的司机，天擦黑的时候，两个人终于到了新家。

路不见已经累瘫在一堆箱子里，倒抽着气，感叹着自己的大腿内侧已经磨得飙血。

陈无敌喝了一罐可乐之后，神清气爽起来，换了一顶帽子，上面写着"无敌保洁"，路不见看傻了眼，敢情你什么都能做呗？

陈无敌拍拍胸脯，那是，不然我为什么叫陈无敌呢？不过违法的事儿我可不干。

陈无敌开始帮路不见收拾房子，翻到了路不见和夏沫的合影，两个人对着镜头，笑得五颜六色。

陈无敌忍不住好奇，你女朋友她……

路不见叹了口气，死了。

陈无敌一脸惋惜，这么年轻就……太可惜了，你一定很伤心吧？她怎么死的？

路不见一双眼神杀过去，陈无敌闭了嘴，沉默着收拾了一会儿，又忍不住凑上来，死了就是死了，人死不能复生，你也别太难过。不过她到底是怎么死的啊？生病还是意外？

路不见被问急了，就回答她，生病，罕见病，死亡率99%以上。

陈无敌恍然大悟，那真是可惜，其实你女朋友长得不错，你有点配不上她。

路不见苦笑，她也这么觉得。

陈无敌拍拍路不见的肩膀，没事，想开点。

临走的时候，陈无敌告诉路不见，如果你有朋友需要办宠物葬礼，搬家，保洁，做饭，上门维修什么的，都可以找我，我24小时在线。

路不见都无奈了，你真是赚钱不要命啊。

陈无敌笑了，只有钱能给我高潮。

路不见傻了眼。

陈无敌已飘然而去。

夜里，路不见一个人住在新房子里，翻来覆去睡不着，总是想到夏沫，想到和夏沫在一起时的自己，折腾了半宿，把唯一一点睡意也折腾没了。索性起床，把房间里所有的灯都打开，研究着房间里每一个角落。

房子是一室户，八十多平方米，门口有靠墙而立的一整面墙高的柜子，路不见拉开柜子，这才发现里面堆满杂物，不知道是房东留下的，还是上一个房客没来得及清走的。

出租的房子就是有这个坏处，总有一些东西来历不明，连房东自己都搞不清楚。

路不见翻看着杂物，底下的一层隔板上大多是男式女式的旧鞋子，最顶上的隔板太高看不到。路不见扯过来一把椅子，踩上去，在隔板上发现一个倒扣的相框，翻过来一看，是一个老太太的遗照，老太太慈眉善目，正似笑非笑地端详着眼前这个陌生人。

路不见汗毛乍开，后背发凉，脚下一空，连人带椅子翻倒在地上。

路不见爬起来，把跌落在地的相框捡起来，放回柜子里，紧闭柜门，惊魂未定。

再去看房间里的陈设，就总觉得有人在看着自己。

连滚带爬地躲进卧室，关上门，越想越害怕，这房子不会有什么问题吧？

想到陈无敌，直接给她打电话。

陈无敌睡意蒙眬的声音传过来，怎么啦？

路不见声音发着颤，这房子不干净啊，我找到一个老太太的遗照，你赶紧来！

陈无敌似乎见怪不怪，我当什么事儿呢，我这就过来。

路不见整个人缩在被子里，瑟瑟发抖，上一次这么害怕，还是六岁那年因为不听话被妈妈关在门外。

一个小时后，路不见终于赶来，拉开柜子，看了看遗照，嘴里念叨着莫怪莫怪，就装进自己包里。

路不见不放心，你把这位带哪儿去啊？

陈无敌轻描淡写，估计是上一个租客留下的，我来联系，你甭管了，接着睡吧。

说着就要走。路不见一把拉住陈无敌，猛摇头，你别走，我现在汗毛一直竖着，我睡得着吗我？

陈无敌一脸鄙视，一个大男人至于吗？得得得，我陪你睡。

路不见傻了眼。

陈无敌从背包里掏出一个便携睡袋，在床上展开，整个人钻进去，只露出一个脑袋，闭上眼就要睡。

路不见慌了神，你睡床我睡哪儿啊？

陈无敌眼睛都已经睁不开了，我这不还给你留了一半的床吗？赶紧睡，明天我还一堆事儿呢。

路不见无奈，只好心惊胆战地躺在陈无敌旁边。

那一夜，路不见第一次发现，原来女孩子睡着了也会打呼噜。

不过，有了陈无敌轻微的呼噜声，路不见安心多了，迷迷糊糊就睡着了。

第二天，路不见和陈无敌一起打电话，联系上之前的租客，对方告知陈无敌，你扔了得了，就把电话给挂了。

路不见和陈无敌对望一眼，看着手里老太太的遗照，不知所措。

最后，两个人只好把遗照送到了庙里，庙里把这张遗照给收容了，等着有一天有后人来认领。

路不见慨叹，这世界上真是有无情的人啊！

陈无敌一副见惯人世间悲苦的样子，说，没有什么比没人惦记更可怕的事儿了。

这句话一下子击中了路不见，以前晚上出去应酬，夏沫总是左一个电话，右一个电话，可现在喝到天亮也不会有人催他回家了。

路不见有点悲从中来。

路不见回到家，一觉得老太太可怜，就没那么害怕了，对这栋房子也不恐惧了。房东觉得抱歉，还主动替路不见承担了中介费，既然如此，路不见索性就继续住在这里。

在此之前，这小区的居民还不知道，路不见的入住，会对这个小区造成什么影响。

直到路不见发现困扰小区居民多年的一个问题：

小区里的光纤按照200M缴费，速度却只能到50M。打联通客服，客服说，小区物业不配合线路改造。打给物业，物业推给联通，说这是联通的问题，跟我们有什么关系？

踢来踢去，这件事就无限期搁置，小区居民自从入住以来，就一直交着200M的费用，用着50M的宽带。

路不见作为一个宅男，得知这件事情之后，怒不可遏，作为政法大学的毕业生，维权意识早已经深入骨髓。

路不见花了三天时间，列了一个需要投诉的表单，先是联系负责小区光线工程的工程部，随后登录工信部网站，投诉联通和物业，因为工信部对于小区物业阻拦电信设施安装有专门文件，可依法对物业进行罚款10万元。

然后向当地建委物业管理处、区房屋管理局、市民热线，以及工商12315，再次举报物业。

整个过程路不见在网上发了直播帖，随时直播进度，并且在小区内部组建了维权群。

三个工作日之内，困扰小区居民多年的问题得到了解决。

路不见成为一位小区英雄，小区居民有什么需要维权的问题都来找路不见请他提供建议。

除了平常的工作，路不见还是觉得自己不够忙，只有忙起来，才没空想念夏沫。

路不见因为从来没有遛成肥梦，心存遗憾，这成为他的一桩心事，每次想到肥梦，都觉得对不住它。

有一天，小区居民在群里闲聊，说是忙起来都没时间遛狗。路不见灵机一动，在群里@大家，我下班之后没事干，可以代人遛狗，顺便增加点收入。

基于路不见对小区的贡献，大家都信任这个维权斗士，纷纷付钱请路不见遛狗。

一开始，遛个三五只还好说，时间一长，找他遛狗的人越来越多，最多的时候，同时需要溜八九只。路不见被一群狗拽倒在草丛里、水泥地上、绿化带里，最后终于受不了了，他想到陈无敌。

陈无敌陪着路不见在小区里批量式遛狗，成为一道风景线，两人带着一群狗呼啸而去，蔚为壮观。

两个人路上闲聊，路不见告诉陈无敌，我遛群狗也算是纪念肥梦。

不知道怎么，路不见就想要跟陈无敌说说过去。

其实我大学的时候，和夏沫争夺过一只流浪狗的抚养权——

路不见和夏沫认识之初，两个人很不对付，没有任何原因，就是看对方不顺眼。

学校里有一只流浪狗，颜值极高，路不见兄弟团和夏沫姐妹帮同时发现了这只狗，两个团体都想要收养这只狗，谈不拢，最后夏沫姐妹帮强行把狗带回了女生宿舍，取名美美。

路不见兄弟团将这件事视为奇耻大辱，群策群力，一起出动，制订了一个严密的计划。

宿舍兄弟六人，各有分工。

老五负责监视当天晚上同时上选修课的夏沫五姐妹。

老大和老四负责假装要向女生宿舍某个不存在的女生表白，买了一串鞭炮，当场燃放，吸引宿舍管理员狠手十三娘的注意。

老三拉下女生宿舍的电闸。

路不见男扮女装，趁着闹，趁着乱，偷了宿管员的钥匙，混入夏沫宿舍，将流浪狗美美同学偷出来。

一切都天衣无缝，顺利进行，可是没想到美美同学被女生宿舍的脂粉气吸引，沉溺其中，死活不肯配合，钻进床底下，跳到床板上。路不见疯狂抓狗，完全不理会世界局势已经发生了变化。

先是，选修课下课，夏沫姐妹帮提前回宿舍。

祸不单行，老大和老四因为胆大包天，竟敢在女生宿舍楼下燃放鞭炮，被狠手十三娘追杀出去，行踪不明。

老三计算好时间，已经提前将电闸恢复。

等到路不见终于抓到美美同学，强行将它改名为大壮之后，女生们已经集体归来，将潜入女生宿舍的变态路不见当场抓获。

路不见百口莫辩，这时候美美大壮同学却跳出窗外，站在了晾衣架上，一不留神，就可能从三楼坠落，摔成狗饼。千钧一发之际，路不见整个人扑过去，拉回狗子，自己却从三楼跌落，要不是被二楼晾衣杆撑了一把，路不见可能就英年早逝了。

饶是如此，路不见还是摔伤了屁股，但也因此获得了夏沫的好感。夏沫同学认为，舍身救狗的男人，不会是坏男人。

从此以后，路不见就开始了和夏沫的恋情。

兄弟团和姐妹帮不得不和解，共同瞒着学校，抚养美美大壮，因为这个名字实在令人误会狗子的性别，遂由夏沫提议，路不见附议，通过兄弟集团和姐妹帮一致认可，给狗子取名——肥梦。

可在毕业那天，肥梦走失了，直到兄弟姐妹们离开学校，都没能找到肥梦。

路不见和夏沫就再也没有养狗。

等到夏沫离开路不见，路不见才从通州狗贩子手里买下一只和肥梦形不似却神似的柴犬，沿用了肥梦的名字。

路不见回忆完，告诉陈无敌，我现在都有点分不清楚，这些回忆是真的还是假的了。太美好的回忆，一旦失去，就成了负担，压得我透不过气来。

陈无敌突然问，你知道人为什么要给死者办葬礼吗？

路不见一时间没反应过来。

陈无敌说，从小到大，只有我爷爷对我好。我爷爷走的时候，家里多年不联系的亲戚都来了，有些我甚至都没有见过面，整个家族都为了一件事忙碌。

那一瞬间，我突然明白了一件事。

葬礼的目的。

葬礼不是活人送给死人的礼物。

而是死去的人给活人的礼物。

路不见不解。

陈无敌解释，老人离开，儿女们要守灵三天三夜，尽情哭泣，这是为了给儿女们发泄悲伤的机会，以免一直憋着不哭，伤害身体。

三天三夜不睡觉，最后发表出去，身体已经疲倦到了极限，躺下就能睡着，能多少缓解一些悲伤。

整个家族都来送葬，帮忙，是逝者用死亡再一次让整个家族凝聚起来，给他们一次冰释前嫌的机会，让他们明白有了大事还是需要一家人的帮衬。

陈无敌说完，又补充了一句，葬礼更像是一个重启键，郑重其事地办完，然后继续生活。

路不见被陈无敌这番话感动到，感叹，你好像很豁达啊！

陈无敌说，那是啊，一辈子那么长，总要有告别的人和事。你不豁达，怎么活下去？

路不见觉得陈无敌的话里，藏着一些人生智慧，完全不像是一个她这样的少女应该说出来的话。他第一次觉得"老气横秋"这四个字是一种夸赞。

他看着陈无敌说，听起来你很有故事。

陈无敌笑，我当然有故事，只不过我的故事从来不轻易讲出来，要是把我的人生都剧透了，那本姑娘还有什么魅力？

两个人都笑了。

陈无敌说，明天晚上还有个宠物葬礼，你要不要跟我一块儿去？

小女孩也就十几岁，怀里一直抱着老猫不撒手。

老猫从她生下来就陪着她，一晃十几年过去，老猫已经高龄，深受关节炎的折磨，现在已经站不起来了。

兽医宣布已经没有治疗意义了。

小女孩最终选择了让老猫安乐死。

老猫在小女孩的歌声中，安详离去。

路不见和陈无敌把老猫的尸体放在一个精致的盒子里，里面还放着老猫生前的逗猫棒，最爱吃的猫粮，还有猫薄荷。

父母拉着女孩的手，在一家人的注视下，路不见和陈无敌把老猫埋到地下，陈无敌取出事先准备好的树苗，让小女孩一家人亲自种上，这样一来，老猫就会以另外一种方式活在这个世界上。

路不见突然觉得陈无敌的这份工作挺有意义，问陈无敌，宠物死了会去哪里呢？有专门为宠物准备的天堂吗？

陈无敌说，当然，有宠物的地方才是天堂。它们先走一步，等着主人慢慢来。

路不见一凛，你这么一说我又觉得有点瘆得慌。

陈无敌大笑。

路不见有社交障碍，平时不爱交际的苦果现在展现出来，他几乎找不到一个愿意听他酒后呓语的听众。

除了陈无敌。

而路不见换取陈无敌当听众的方式就是，给陈无敌介绍形形色色的工作，帮着陈无敌赚点小钱儿。路不见在陈无敌耳边变身成话痨，恨不得把一切跟夏沫有关的事情都讲给陈无敌听。

路不见不知道有多少句子从陈无敌的耳朵眼儿里钻进去，也不知道有多少钻出来，发现陈无敌听得并不认真，路不见有些不爽，但陈无敌说，倾诉重要的是说，而不是听。

路不见竟然觉得很有道理。

下午，路不见在公司改完方案，接到陈无敌从"未来城"打来的电话。

路不见匆匆赶过去，就看到陈无敌一个人站在一堆流浪猫的尸体里抹眼泪。

路不见冲过去，陈无敌身子一软，瘫倒在路不见怀里，有人投毒。

说完，就在路不见怀里号啕大哭，要不是我在这里喂它们，它们也不会死，都怪我，都怪我。

路不见抱紧陈无敌，任由她哭得不成样子。

两个人连夜把死去的那些猫咪就地埋葬，不知道是谁对这些人间萌物下此毒手。

陈无敌坚持给这些猫咪办一场小型葬礼，在埋葬猫咪的地方撒下了花种，期待这些花早一点长出来。

路不见几乎是第一次看到陈无敌露出疲倦的样子，他本来觉得像陈无敌这样铜浇铁铸的女孩子，就算在生活的大锅里蒸煮也煮不烂的。看来事实并非如此。可以想见，一个女孩子硬生生活出一副盔甲是多么不容易。

陈无敌没想到自己睡了这么久，醒来时，发现路不见姿态紧张地睡着，胳膊已经被她压得不过血，眼看着要截肢。

这一瞬间，陈无敌觉得自己出奇地懒，暗自埋怨自己干吗当先醒来，破坏这样的美好时刻，赶紧不动声色，又缩进了路不见怀里，劝说自己再次睡去。

从小到大，陈无敌习惯于保护自己，这是她第一次被别人保护，这让陈无敌有些不知所措。

两个人睡到半夜，这次是路不见被自己的肠鸣声吵醒，陈无敌也听到了，醒来，四只眼睛对望，同时会意。

陈无敌在冰箱里考古一般把所有食材挖掘出来，煮了两包泡面，两个人热气腾腾地吃完，出了一身汗，长久地看着对方却一言不发，把路不见看得不好意思起来，红了脸。

陈无敌扑上来在路不见肩膀上咬下去，留下齿痕。

路不见吃疼，又不敢反抗，不解地看着陈无敌。

陈无敌松了口，对自己的作品表示满意，说，我给你盖个章。

路不见乐了，那我也给你盖一个。

陈无敌落荒而逃，路不见像怪兽一样，张着嘴追着陈无敌满屋子跑。

陈无敌过生日，只叫了路不见一个人。

两个人用电饭煲做了一个蛋糕，因为没有控制好时间，蛋糕几乎是从电饭煲里爆出来，露出狰狞的样子。

但好在吃起来味道还算不错。

吃完蛋糕，陈无敌从床底翻出一瓶不知道放了多久的红酒，找不到红酒杯，就用纸杯凑合。

喝到脸蛋上起了红晕。

陈无敌语气有些复杂地告诉路不见，我今天二十五岁了。

路不见一时间没有理解陈无敌这句话的意思。

陈无敌轻描淡写地说，你喜欢剧透吗?

路不见先摇头，又点点头，我想多了解你一点，不过我想我们还有很多时间。

陈无敌笑了，随即又难得地伤感起来。我挺怕过生日的，一过生日，我就觉得自己可怜。

❤ 我先爱为敬

路不见安静地等待着，等待着眼前的女孩袒露心事。

我年纪很小的时候，我妈就卷了家里所有的存款，跟着一个做生意的跑了。

我爸从此就恨上了所有的女人，包括我。

他觉得我跟我妈一样，迟早也会离开他，卷走他的钱，让他抬不起头来。

他喝多了，就会说同一句话，说我越长越像我妈，他甚至……

陈无敌没法说下去，猛擦了一把眼泪。

路不见心疼地握紧她的手掌。

我出来上学，一门心思想要离开家，一直熬到上大学，我才算是逃出来。

我不会去找我妈，她既然不要我了，那我也不会再去找她。

我也不会再回老家了，我的童年和噩梦都在那里。

毕业以后我就无家可归了，所以我喂了一群流浪猫，希望给它们一个家。因为我自己没有。我拼命赚钱，就是为了有一天，我能给自己买一间房子，给自己一个家。

我不想活得拧巴，不想用父母的错误折磨我自己，我不想活成一个心理有问题的女孩。有些事儿，你就是没得选，但怎么活还是自己说了算。

陈无敌看着路不见，如果你没办法接受我的过去，现在叫停还来得及。

路不见没有说话，看着陈无敌，这才明白，眼前这个年纪轻轻的女孩怎么就练就了一身无敌的本事。

谁不是艰难地活着呢？

路不见抱紧陈无敌，我想你陪我去一个地方。

陈无敌一愣，去哪儿啊？

路不见说，去跟过去说再见。

陈无敌睁大眼睛，看着眼前的婚礼现场，一脸蒙。

路不见耸耸肩，原来他们是来参加夏沫的婚礼。

夏沫过来敬酒，对陈无敌笑笑，然后问路不见，听说你到处跟人说我死了。

路不见无地自容。

陈无敌忍住笑。

路不见有些不自然地站起来，把一桌子上每个酒杯的酒都喝了，脸红起来，看着夏沫说，我准备好了，准备好接受这一切了。我祝你们幸福。

夏沫笑了。

路不见"砰"的一声，倒在了陈无敌怀里。

小区里，陈无敌和路不见批量遛狗，其中有他们两个人自己养的一只雪纳瑞。

路不见和陈无敌被群狗拉着走路跌跌撞撞。

路不见问，给它取个什么名儿呢？

陈无敌脱口而出，还是叫它肥梦吧。

两个人对望一眼，都笑了。

群狗加速狂跑，两个人只好飞奔起来。

02

后来，你再也没有见过他

人民公园要拆迁了。

市民们纷纷跑过来合影留念。

冰块走进了人民公园，看着一草一木，想起了自己少年时的许多时光……

深更半夜的人民公园，一男一女从墙上先后翻下来。

男生抱着被子，女生抱着枕头，两个人鬼鬼祟祟地摸着黑往前走。

男生叫坚果，女生叫冰块。

树木掩映下的一片草地。

坚果难掩兴奋，胡乱地把褥子和被子铺好，躺下去，和冰块并肩看着夏夜里漫天的繁星，寻找他们熟悉的星座。

青草香味扑鼻而来，树梢上有断断续续的蝉鸣。

坚果说，夏天就这样躺着看星星，是我小时候的梦想。

冰块笑，星星真好看。

两个人都沉默下来，享受着无忧无虑的少年时光。

直到坚果猛地转过脸，啪地亲了冰块一口，在夜色里发出一声响，像开一瓶庆祝节日的香槟。冰块噘起嘴，不高兴了。

坚果去挠冰块的痒。

两个人打打闹闹，不自觉声音就大了。

一阵手电筒的光芒如探照灯一般射过来，坚果和冰块正在激战，吓得定了格，好像一动不动就不会被发现似的。

守门的大爷一手抄着手电筒，一手拎着电棍，一溜小跑地杀过来，嘴里喊着："又是你们！都给我别动！"

坚果和冰块胡乱穿上衣服，抱起被子，拔腿就跑。

大爷在后面一路狂追。

百忙之中，冰块抽空看坚果，只见坚果捧着被子，头顶上还沾着青草，忍不住哈哈大笑。

这一笑破了气，放慢了速度，眼看着大爷就要追上，坚果一把拉起冰块，脚底抹油，高速飞奔。

两个人绕了个弯儿，一头扎进灌木丛里，各自屏住了呼吸，只留下一手拿着手电筒，一手拿着电棍的大爷骂骂咧咧，茫然四顾："大晚上的来公园里干什么？去开个房啊！现在的年轻人还要不要脸了？"

灌木丛里，坚果和冰块憋住笑。

时间倒回到大学。

大学校园里，有两个神秘的团体。

一个叫"艺术生"。

一个叫"体育生"。

艺术生主攻艺术，有自己的画室，能画画，有DVD，能看电视，闲人免进，几乎是独立领土。

时间宽裕，文化课压力小，只要专业作业完成，有大把的时间谈恋爱，搞文艺。

而且，因为审美不俗，穿着打扮鹤立鸡群，在一群穿着简约素净的男生女生中间，非常引人注目。

不止如此，艺术生受到艺术家长年累月的熏陶，思想开放，超前，早熟。在大部分少男少女还懵懵懂懂的时候，人家已经把恋爱谈得风生水起了。

冰块属于艺术特招生，对着一个垃圾桶也能画出印象派，家里也希望把冰块培养成艺术家。

体育生，众所周知，有一技之长，或者是长跑耐力强，跑五千米面不改色心不跳，还能去打个篮球献个血，或者是憋气跳远能摆脱地心引力。文化课压力也不像普通学生那么大，除了训练，也有大把的空闲时间用来评比校花，调戏啦啦队队员。

坚果之所以能考上大学，全靠着父母给的好耐力，五千米跑起来风生水起，在学校里几乎没有对手。

坚果自己说，从小爱惹事，偷西瓜，戳马蜂窝，没事就被追着跑，所以练了一身本事。

体育生都属于身强体壮、荷尔蒙旺盛的少年，仅仅靠着训练是不可能发泄完剩余精力的。

好在他们有很多方法让自己累。

除了加强训练，负重跑，上重量，还有一些其他手段。

比如献血，刷夜。

坚果有一个一起训练的队友，大家都叫他壮士。

壮士资源丰富，据说校园里流传的80%以上的成人漫画都源自壮士。

壮士很快就对成人漫画厌倦了，决定搞点刺激的。

有一天训练结束，大家聚在一起互相放松肌肉。壮士拉着坚果和几个要好的朋友，神神秘秘地说：我找到一张毛片，据说特别好看，你们想不想看？

正在发育的少年们都咽了口水。

坚果首先提出疑问：可是去哪儿看呢？

壮士高傲地笑笑：我自有办法。

艺术生每周都要外出写生，壮士托了关系，以十包棒棒糖的代价，骗来了画室的钥匙。

几个少年偷偷摸摸地进了画室，关好门，拉上窗帘。

像是捧出圣物一样捧出了那张已经有很多划痕的DVD，封面上两个金发美女正在搔首弄姿。

定力浅的就看了个封面腰里就已小鹿乱撞了。

坚果等不及了：你倒是快点啊。

壮士三下五除二地折腾好，几个少年朝圣一般看着渐渐亮起来的电视屏幕。

作为都没见过世面的青春期男孩，当第一个画面跳出来的时候，大家都呆住了，脸像是红灯一样红，心跳像引擎一样快，每个人都身子紧绷，动作僵直。

空气里充满着紧张的气息。

就在最激烈的时候，门"砰"地被推开，冰块背着包站在门口，嘴里还咬着一个苹果，不明所以地看着画室里不期而遇的几个全身通红、齐刷刷看向自己的少年，然后又看看电视机里的画面，瞬间明白了一切。

冰块怒气冲冲，转身就要走。

壮士突然大喊一声：拦住她！

反应最快的人就是坚果，坚果一跃而起，扑向冰块，因为动作幅度太大，整个人失去了平衡，像是空对地导弹撞击地面一样，把冰块重重地扑倒在地。

壮士和其他几个少年，看着眼前的一幕，很久才反应过来，壮士跳起来去关电视机。

为了能让冰块守口如瓶，哥儿几个出卖了尊严。

壮士说：你说吧，要怎么样才能替我们保守秘密？

冰块瞅了坚果一眼，说：你们自己表现吧。

哥儿几个把身上的生活费凑了凑，决定请冰块吃饭、溜冰、看电影。

冰块很豪气，很快就和壮士他们打成了一片。

倒是坚果觉得不好意思，只要冰块一看他，他脸就红到了耳朵边儿。

冰块觉得坚果很可爱。

看完电影，大家一起回学校。

分别之际，冰块指着坚果：你，送我回宿舍吧。

坚果受宠若惊，看看兄弟们羡慕嫉妒恨地跟他使眼色。

走在夜色里，坚果不好意思先开口。

冰块就观察他，等着他说话。

坚果就低着头红着脸哼哧哼哧地往前走。

❤ 我先爱为敬

冰块停下来，坚果也没看到，还继续往前走。

冰块忍无可忍：喂，你哑巴吗？

坚果这才发现冰块在自己身后，连忙回头：我不是哑巴。

冰块笑了，用下巴对着坚果示意：过来。

坚果默默地走过去。

冰块终于忍不住问出了一直想问的问题：你们在看什么啊到底？

坚果愣住。

就这样，两个人正式建交。

坚果训练的时候，冰块就捧着画板坐在操场上，随意画点什么，大部分时间，冰块画的都是坚果跑步时的速写。

放松肌肉的时候，大家都围着冰块，冰块就给每个人买可乐，很快就在体育生中有了极高的人气。

大家都喝可乐的时候，冰块看着趴在垫子上放松的坚果，突然脱了鞋，踩上去：我来给你放松啊。

坚果疼得惨叫，但又觉得无比幸福。

坚果兑现了承诺。

找壮士借了DVD，和冰块偷偷地去画室，又从头看了一遍。

整个过程中，坚果保持着军人的姿势，紧张得像是全身通了直流电，僵直，倒是冰块一边叼着苹果，一边表情丰富多样地感慨：原来就是这样生孩子的啊。

第二天训练，壮士就问坚果：你们有没有发生什么？

坚果有些不好意思，摇摇头。

壮士拍案而起：你俩晚上干吗了？

坚果很不好意思地说：她给我讲了一晚上的文艺复兴，我给她讲了一晚上的奥运会的发源。

所有人都喷了。

壮士语重心长地拍着坚果的肩膀：听哥一句劝，赶紧办正事儿，不然夜长梦多。冰块这么好看，惦记她的人可以从食堂排队到操场啊。

坚果只是笑。

坚果找到了冰块，把冰块逼到墙角，直截了当：咱俩好吧。

冰块咬了一口苹果，愣了十几秒：这我得想想。

冰块背对着坚果走出两步，然后回过头来：我想好了。

坚果期待地看着冰块，冰块说：我可以跟你好，但有一个条件。

什么条件？

冰块认真地说：简单来说，就是实行百分制。60分以上，我就是你女朋友。要是扣到60分以下，那我们的关系自动解除，直到再加满60分。鉴于你之前的表现，我先给你加10分。

坚果想了想：那要是我考到100分呢？

冰块笑了，背着手，歪着头，调皮地说：那我就嫁给你。

大半夜冰块想吃苹果，坚果爬墙出去买，在被保安追上的前一秒，把一袋苹果放到了女生宿舍楼下。冰块从楼上看着坚果被保安追打，笑得合不拢嘴。

加10分。

画室里，在冰块严厉的眼神威逼下，坚果不情不愿地脱光了衣服，别扭地站在冰块面前。冰块咬着苹果，握着笔，认真地画着坚果的人体。

加20分。

坚果在操场上训练，冰块出了坏主意，跳到坚果身上，要求坚果负重跑。在壮士和朋友们的呐喊声中，坚果背着冰块吭哧吭哧地往前跑。冰块趴在坚果身上，直起腰，跟壮士打招呼。

加10分。

冰块例假来袭，痛经疼得像炸熟的北极虾，躺在床上呻吟，坚果男扮女装混进女生宿舍，背着一个大书包。

冰块看着戴着假发推门进来的坚果，惊着了。

坚果抖落书包，里面装满了各种益母草姜茶、红糖、热水袋、花茶、红彤彤的苹果，甚至还有一个巨大的榴梿。

在舍友们羡慕的目光里，冰块哭笑不得。

加10分。

公共课，冰块认真听讲的时候，坚果就在一旁昏睡。

冰块得空就在坚果的脸上乱涂乱画。

❤ 我先爱为敬

相安无事，冰块觉得这大概就是诗人们说的"尘世的幸福"。

艺术生花钱不菲，冰块不想找家里要太多钱，就一直省吃俭用。

坚果看在眼里，决定做点什么，把自己所有的生活费都给了冰块。

冰块坚决不要。

直到坚果说，我有钱，你别担心。

冰块下了专业课，去逛学校旁边的夜市，拐了个弯，一抬头就看到了一个熟悉的身影。

坚果穿着脏兮兮的背心，正在烟熏火燎之中，埋头烤着一把烤串。

冰块走到坚果面前，烟熏火燎中，坚果抬起头吓了一跳，不敢说话。

冰块沉默了一会儿，若无其事地说：给我来十个羊肉串。

冰块在烧烤摊上，喝着啤酒，吃着烤串，一直等到坚果下班。

路上，坚果坦白了一切。

坚果号称：我做的一切可都是为了爱情，你不觉得很酷吗？

冰块故意别过头去，眼泪哗哗地往下掉。

坚果补充：我今天正式宣布，我下海创业了。

冰块心里好受了一点，鼓励坚果你一定可以的！说完，亲了坚果一口：给你加10分。

冰块和几个女生打闹着走出校园，就看到一群女生围着一个摆摊卖玩偶的正在叽叽喳喳。

身边的女生们拉着冰块走过去：去看看。

走近才发现，卖玩偶的是坚果，坚果看到冰块赶紧低下头，假装和其他女生打着招呼。

突然间，坚果发现一双手挽住了自己的胳膊，坚果诧异地抬起头，冰块挽着自己给同学们介绍：这是我男朋友，自主创业呢，你们得多支持。

女生们一阵起哄，开始疯抢坚果的玩偶。

坚果看着冰块，感动与感激都在眼神里了。

为了省钱，冰块偷偷告诉坚果，夏天晚上的人民公园，就是最好的地方。

坚果惊呆了。

于是，深更半夜，冰块和坚果抱着枕头和被子，翻墙进了人民公园……

临近毕业，两个人瞒着父母，在冰块学校附近租了一个房子，过起了小夫妻的生活，冰块对坚果布置的房子很满意，奖励坚果5分。

接下来的日子里，两个人都为了自己的前程努力着。

平日里打打闹闹，依偎在彼此怀里，两个人都觉得全宇宙再也没有人比他们更幸福的了。

坚果很努力，业余时间都用来训练，长跑成绩进展神速。

冰块的专业课水准不错，大家都很看好冰块，她也已经提交了出国深造的申请。

坚果和冰块一起请体育队的张队吃饭，冰块亲自下厨，陪着张队喝酒，把张队灌得七荤八素。冰块努力保持着清醒，张队，你一定要照顾我男朋友啊。

张队话都说不利索了，只是一个劲地点头。

当天晚上，冰块吐到了半夜。

坚果心疼得一夜没睡。

坚果攒了一笔钱，跟冰块炫耀：有了这笔钱，就够我进体育队训练的费用了。

冰块却显得忧心忡忡，和坚果说起出国的事情。

冰块说：我舍不得你。

坚果安慰她：三年而已，三年你回国，就成了艺术家，我呢，说不定都进国家队了。

冰块嘟着嘴：你不怕我变心？

坚果把冰块搂过来狠狠地亲了一口：我给你买一条贞操裤，带锁的那种。

两个人闹成一团。

晚上回到家，坚果听到冰块在和妈妈视频，怕被发现，就躲在门口。

冰块的妈妈声音听起来忧心忡忡：你爸的生意亏了，你出国之后的钱怕是……

冰块强颜欢笑：妈，你放心吧，我到了那边，自己勤工俭学。

坚果停住了脚步。

冰块参加国外学校的专业课考试的时候，坚果正在体育队入选考试的赛场上狂奔。

坚果和冰块约定，等两个人都出结果那天，一起向对方揭晓答案。

半个多月之后，坚果和冰块先后拿到了结果。

冰块特意化了精致的妆，做了一桌子菜，放着音乐，贴心地准备了红酒。

两个人难得浪漫一次，举杯对饮。

冰块这个晚上看起来格外迷人，看着坚果：你先说吧。

坚果看呆了：你真好看。

冰块笑骂讨厌：谁让你说这个了？你通过了吗？

坚果站起来，走到冰块身边，俯身亲了她一下，在她耳边说：我通过了。

冰块百感交集，抱紧了坚果：我也通过了。

两个人紧紧地抱在了一起，好像世界上再也没有什么能把他们分开。

送冰块走那天，坚果说：我现在还只有95分呢，走之前，你给我加到100分呗。

冰块嗤之以鼻：那可不行，这得看你接下来的表现，表现不好，我还要扣分呢。

冰块沉浸在出国的喜悦中，坚果看着冰块离去的背影，觉得自己的某些部分也被带走了。

两个人靠着越洋电话，小心翼翼地维系着感情。

尽管冰块总是说自己不缺钱，但坚果仍旧每个月定期给冰块汇款。

坚果说：我想让你过得好一点。

冰块气得不行：你把钱都给了我，你怎么办？

坚果轻描淡写：我一个男生，能花多少钱？我现在在体育队了，管吃管住的，你别管我。

冰块原本说好过年要回来，但因为往返机票实在太贵，就打消了回来的念头。

坚果坐在自己花了三天精心布置好的屋子里，反过来安慰冰块：没事没事，我们再攒一下钱，等过完年，天气暖和了你再回来。

冰块一个人在国外，压力很大，过得其实并不顺心，但是又不想半途而废，只能死扛硬撑。

坚果只能不停地安慰。

两个人的很多话题，冰块都用一句话来结尾：我好累啊，先不说了。

冰块自己也不知道，为什么自己这么疲倦。

如此过了两年，两个人的通话时间越来越短，频率也越来越低。

坚果能感觉到，他和冰块之间有什么东西丢掉了。

现在两个人之间，只能靠着过去的感情维系彼此的情感。

在一次持续了一个小时的通话里，坚果最后说：冰块，我们分手吧。

冰块说不出话。

坚果说：我知道你不忍心提分手，你觉得这两年，你欠我的，所以不想伤害我。但是我想告诉你的是，谈恋爱这种事，只有爱不爱，没有欠不欠。以后，你好好照顾自己，要是遇到了什么事儿，还可以给我打电话。我没考到100分，但有人一定可以。

坚果说完把电话挂了，一个人在出租屋里哭得昏天黑地，昏睡了整整三天。

从那以后，坚果再也没有给冰块打过电话。

而冰块，从此失去了坚果的消息。

一晃十年过去了。

冰块看着人民公园里熟悉的草木，无比想念坚果，也不知道他现在怎么样了。

忍不住拿起手机，对准了一片草坪，拍照。

突然，一个中年人挡住了镜头，吓了冰块一跳。

中年人看着冰块，很惊喜：姑娘，你是冰块吧？我是老张啊，咱俩还喝过大酒呢，记得吗？

冰块也认出了中年人，喊出声来：张队。

两个人寒暄几句，冰块终于忍不住问：张队，坚果……现在还在体育队吗？

张队一愣：坚果他没进体育队啊。

冰块呆住：怎么回事啊，张队？

张队说：当时他考过了，我们体育队要运动员自己负责训练费用，他突然说不来了，我当时特别生气……

十几年前，坚果对着体育队的张队鞠躬道歉。

张队操着不标准的普通话说："你们现在的年轻人，想一出是一出，要是不想来体育队，你别考啊。现在考上了，你又告诉我不来了？你今天必须给我个理由，不然我怎么跟领导交代！"

坚果没说话，掏出钱包，打开，举给张队看。

队长仔细去看，发现钱包里有一张照片，照片上，冰块笑得阳光灿烂。

坚果说：我想照顾她。

冰块愣在那里，一句话也说不出来。

张队说：后来，我再也没有见过他。

张队走以后，冰块在原地站了很久，她看着眼前，一对年轻的男女，在草地上胡闹……

女孩说：我舍不得你。

男孩安慰她：三年而已，三年你回国，就成了艺术家，我呢，说不定都进国家队了。

女孩嘟着嘴：你不怕我变心？

男孩把女孩搂过来狠狠地亲了一口：我给你买一条贞操裤，带锁的那种。

两个人闹成一团。

男孩问女孩：那现在你能给我100分了吗？

冰块眼泪夺眶而出，大声喊：我给你100分，我给你100分，我给你100分！

市民们纷纷看向这个疯了一样的女人，不知道她在高喊些什么。

03

大理邂逅事故

我的好朋友大力，下个月要离开北京了。

他开始在朋友圈，在闲鱼上，转让自己的杂物，包括办好了没用过几次的健身卡，瑜伽垫子，没拆封的新书，死掉了一小半的多肉。

他说，现在不是流行断舍离吗？那就把这些旧的都留在这里吧。

大力是个魁梧的汉子，但偏偏内心又特别敏感。

我们深夜聚酒，喝多了，他终于不再吹牛，开始掏心掏肺。

我并不习惯好朋友对着我掏心掏肺，这让人很辛苦，不如一起扯犊子来得轻松愉快。

但对待生活中那些朋友对你掏心掏肺的时刻，你还是得竖起耳朵，好好倾听。

大力是个传奇人物。

来北京之前，他在河南的某个罐头厂做经理。

据说，他用了一年的时间，将整个罐头厂扭盈为亏，最终被罐头厂的员工集体劝退。

他带着8000块钱去了大理，扬言要在大理开一间客栈，留长头发，写诗，泡文艺女青年，如果有流浪歌手来，可以用原创歌曲抵房费。

大力在日记本上写，阳光，大海，无限畅饮的啤酒，眼神澄澈的文艺女青年，能让人忘却时间，无所事事，了此残生。

这种事，一般人也就是偶尔想想。

但大力真的这么做了。

他租了一间民宅，东拼西凑地借了钱，装修好，给客栈取了个名字，叫"一颗心"，一共只有四个房间，他自己还占了一间。

客满的时候，他就铺个地铺，睡在前台。

他说，半夜起来上厕所，看见天上的月亮，大得像漂亮女孩的奶子。

我们都说，大力之所以这么有想象力，无非是因为压抑多年的性苦闷。

性苦闷可以把河南罐头厂经理变成诗人，还是最狂野的那种。

大力说你们放屁，他看月亮的时候，不想男女之事，之所以说月亮像奶子，是因为月亮真的像奶子。

大力是在一个淡季遇到柳橙的。

11月，大理已经有些冷了。

客栈里一个客人也没有。

大力穷极无聊，自己挨个儿房间睡，从房间里捡拾旅客们留下的痕迹。

有人在墙上刻下山盟海誓，有天南海北的车票票根，有撕开了但没有使用的安全套，还有半瓶已经凝固的指甲油。

大力把这些被遗忘的东西都收集起来，用钉子钉在了墙上，做成了一面墙，取了个名字叫"遗忘"。

如果矫情是一门财富的话，大力一定是最富有的。

大力喃喃自语，不做无聊之事，何遣有涯之生？

柳橙就是在这个时候走进一颗心的。

她整个人都是湿的，看起来像是一只被下过水的饺子，站着的地方湿了一小片，这样一来，她反而有一种古怪的好看，整个人被水加了滤镜。

此时，大力正在鼓捣一把断了弦的吉他，抬头看着她，问，住店？

柳橙点头。

大力指了指前台的牌子，上面是房间的价格。

柳橙看了一眼，特别斩钉截铁地说，我钱包被偷了，抓小偷的时候，掉进了水洼子里，现在全身上下只有八块钱。

大力看看柳橙，问了一嘴，会唱歌吗？

柳橙一愣。

大力说，我这儿的规矩，唱得好听，可以免房费。

柳橙大概不知道五线谱是什么，五音不全这个成语已经不足以概括她了。

要是再让她唱下去，大力自己精神崩溃是小事，方圆五公里的人畜要是有什么闪失，大力也赔不起。

大力及时阻止了柳橙，好了好了，你住吧，反正现在也没客人。

柳橙抱了一个拳，"扑通"一声，就跪在地上，给大力行三拜九叩的大礼，大力几乎是跳到桌子上才躲开这波折寿的攻击。

柳橙豪气地站起身，我跟你说实话吧哥，其实，我的钱包没被偷，我是离家出走的，钱花光了，现在连吃饭的钱都没有了，谢谢大哥你收留我，我可以帮你干活，只要你管住就行。实在不行，你想睡我的话也成，我只要一口吃的。

大力吃了一惊，刚上好的弦又断开了，在指头上绷了一道口子。

惊魂未定地又打量了一番柳橙，要胸没胸，要屁股没屁股，头发几乎比自己还短，唯一突出的就是锁骨上的文身。

大力摇摇头，算了，对你我可能下不了手。

柳橙哈哈大笑，那你快给我房间，我得先洗个澡，我觉得我都快发酵了。

当天晚上，大力刚躺下，就被砸门声吵醒。

大力开门，发现柳橙穿着睡衣，举了举手里的啤酒，晚上有星星，要不要去看看？

大力不高兴了，谁让你拿我的啤酒了？

外面已经很冷了。

但星星到处都是。

爬上客栈屋顶，大力瑟瑟发抖地和柳橙喝着啤酒。

柳橙喝了一大口，满足地躺在了地上，感叹，这才叫生活啊！

大力问，那你为什么离家出走？

柳橙一愣，什么？

大力重复，你，不是说离家出走吗？

柳橙差点儿呛到，对着大力憨笑，哥，其实我不是离家出走。我失婚了，出来透透气。

大力又愣了，啥？啥叫失婚？

柳橙一脸坦诚，本来吧，我都要结婚了，结果两家谈彩礼谈崩了，就分手了，这叫失婚。可我消息都宣布了，这还让我怎么混？我只好出来散散心。但走得急，没带多少钱，所以就……

大力盯着眼前这个捉摸不透的女孩，嗤之以鼻，算了，无所谓了。反正现在是淡季，就是一只狗进到我店里，我也不会赶它走。在大理的民宿界，人们都叫我慈父。

柳橙倒有些愣了，哥，看不出来，你挺有意思啊。

大力冷哼，我本来就是个诗人。诗人能按常理出牌吗？

两个人并肩躺着，看了半夜的星星。

第二天，双双感冒。

两个人对坐着，地上全是两人擤鼻涕的纸巾，争抢着唯一一碗姜汤。

柳橙感叹，哥，你平常不做饭吗？你厨房的这块姜不是我及时发现了，它可能已经成精了。

大力抽着鼻子，君子远庖厨。

那你平常总不能靠餐风饮露活着吧？

大力冷笑，开玩笑，我虽然不做饭，但我是个美食家，世界各地的泡面我都吃过。

柳橙惊呆了，我觉得自己就够怪物了，得，遇上一个比我还怪物的。哥，实话告诉你吧，我得了绝症，活不了几天了，谢谢你让我在最后的日子里能遇见你，我觉得很幸福。

大力点头，拍拍柳橙的肩膀，妹子，我都知道，你啥也别说了，你一定是得了癌，胡咧咧癌，没得救，你就早点死了吧，早死早超生。

说完站起身，我去睡一觉，你把地扫了。

然后就在被怼得说不出话的柳橙的注视下，找了个房间睡觉去了。

大力这一觉睡得很沉，再醒过来的时候，发现自己躺在被窝深处，只有脑袋露出来，喉咙发干，说不出话。

迷迷糊糊地看着柳橙也裹着被子，在给他身上搓酒精。

大力挣扎着问，怎么回事？

柳橙松了一口气，你可算醒了，你真牛啊，烧到四十多度，胸脯都能煎鸡蛋了，我差点儿就叫120了。翻箱倒柜，总算找到一板过期的退烧药，这才给你退了烧。

大力看看被子里的自己，一丝不挂，这下彻底醒了，几乎是嘶吼着，谁让你脱我衣服了？

柳橙轻描淡写，哎，你发烧一直在出汗，浑身都湿透了，我就给你脱了。哎，哥，你穿牛仔裤不穿内裤，不磨得慌吗？

大力大窘，缩在被子里，羞耻难耐。

晚上，柳橙泡了泡面，大力这才觉得饿得厉害，吃得震天响。

柳橙说，我都好久没下厨了。

大力懒得理她，泡个面不算下厨吧。

柳橙说，你怎么这么不领情？早知道我就不管你了，让你发烧烧死算了。我也好霸占你的一颗心。

大力哭笑不得，你还好意思说，我都好几年没发过烧了，要不是你大半夜拉着我去看星星喝啤酒，我能生病？

两个人拌嘴，客栈里泡面味溢出来，很香。

客人来得不多，柳橙每天就在大力的指挥下干活抵房费。

大力本来就孤单惯了，现在生活中一下子多了个人，其实不太习惯。

但这种不习惯，却渐渐地变成了大力的习惯。

人真可怕。

大力有一些警惕。

大力试图及时止损。

所以，他每天都会问柳橙，喂，你什么时候滚蛋啊？

柳橙就觍着脸，再缓缓，再缓缓，我心里的心魔还没有消灭，哥，你救人救到底。

❤ 我先爱为敬

大力不耐烦，你什么心魔啊到底是？

柳橙一下子又严肃起来，哥，我看你是个好人，我不能什么事都瞒着你，其实我有应激性创伤障碍。

啥？

柳橙咳嗽一声，说白了，就是受过刺激，引发了抑郁症。遇到你之前，我天天就老想着自杀，那天我来的时候，其实跳过海，但又被浪冲了上来，看到有人围观，就不好意思再死了。

大力盯着柳橙看，你跟我说说你受过什么刺激，把你刺激成这样？我学过一段时间的佛学和心理学，说不定我能度你出苦海。

柳橙苦笑，哥，有些事，别人帮不了。

大力"切"了一声，你是不是一时半会儿编不出来，没事啊，我给你时间，等你编好了再告诉我。

柳橙笑了，哥，我要先跟你承认个错误。

嗯？

柳橙从桌子底下掏出来一个空酒瓶，在大力面前晃了晃，我偷喝了你的酒。

大力直接弹了起来，扑过去要和柳橙拼命，那是十二年陈酿，我今天非弄死你！

两个人闹成一团。

时间一长，两个人就有了相依为命的错觉。

大力觉得事情已经不受自己的控制了，他甚至胖了五斤，睡眠一如既往地好，一觉到天亮。

有一天晚上起来上厕所，还是因为白天和柳橙喝了太多啤酒。

大力上完厕所，听见屋顶上有动静。

大力一愣，走出去，抬头看，这才发现柳橙一个人裹着被子，在屋顶喝酒。

神经病啊，大晚上不睡觉。

大力喊了一句，柳橙没作声。

大力也爬了上去，凑近柳橙，这才发现，月光底下，柳橙满脸都是眼泪，眼神陌生。

大力吓坏了，愣在那里。

柳橙一下扑进大力怀里，放声大哭。

大力不知所措，只能抱着柳橙，任由她哭。

等柳橙渐渐安静下来，大力仍旧不敢多问，这是他第一次觉得这个满嘴谎言的女孩，心里似乎真的藏着事儿。

大力知道，女人要是有事瞒着你，你最好别问。

她迟早会自己告诉你。

柳橙哭累了，在大力怀里睡着了。

大力费了好大的力气，才把柳橙从房顶上抱下来。

那天晚上，大力有了一种古怪的感觉——

把一个女人安置进被窝，对于男人来说，是一种幸福。

睡梦中，柳橙还是皱着眉头，握着拳头，不知道正在做着什么噩梦。

大力怕她的指甲握进肉里，就握着她的手。又怕她皱眉头在额头上留下皱纹，就揉开她的眉头。

大力以前没想过，有朝一日，自己会对一个女人这么温柔。

就这样，大力守了柳橙一个晚上。

大力觉得自己积攒了几十年的温柔，都在这个晚上，汩汩不绝地冒了出来，浇灌着这个正在酣睡的女孩子。

几天以后，一颗心来了个背包客。

是个风尘仆仆的背包客。

大力招呼柳橙带客人去房间。

柳橙正在里屋擦地，答应着，拎着一桶水走出来，看到背包客，手里的一桶水跌落，绽开了一地水花。

背包客看着柳橙，扔下背包，就扑过去，紧紧地抱住了她。

柳橙发疯了一样，对着背包客又撕又打，哭得上气不接下气。

背包客只是紧紧地抱着她，猛地跪下来，举起一枚戒指，说，这是你的。

柳橙哭得更大声了。

大力在一旁看着，好像什么都不知道，又好像什么都知道了。

柳橙发现自己有抑郁症的时候，眼看着就要和西瓜结婚了。
西瓜的家人在看到病历之后，坚决不同意，不惜以死相逼。
西瓜的犹疑，让柳橙无法承受，她独自一个人开始了流浪。
一路南下。
本来想死在大理。
但没死成。
还遇上了个大力。

大力让柳橙不那么害怕活着了。

西瓜在柳橙突然消失之后，猛烈地意识到自己的一生所爱就是她。
他再也顾不了什么了，辞掉了工作，到处找柳橙。
最终，因为柳橙无意中发的一条微博，透露了地址。
西瓜按图索骥，一路找过来，跟柳橙求婚，我只要你，别的我什么都不
管了。

柳橙和西瓜把这些话说给大力听。
大力哈哈大笑，我早就说过了，我孤单惯了，多一个人在身边，我真是
不习惯。

晚上，柳橙和西瓜在房间里说话。
大力一个人拎着一瓶啤酒，上了屋顶，看着星星，哭得像一只狗。

爱情事关理想。
但转过身去就是现实。
柳橙和西瓜的难题是，他们相爱，但家人拒绝接受。
离开大理，就要投奔俗世，他们两个人都没有把握。
西瓜更担心回去之后，柳橙受到刺激，病得更严重。
两个人商量对策。

大力突然招呼他们出来。
柳橙惊讶地看着一桌子的菜，原来你会做饭。

大力笑，偶尔做做，吃死了你们别怪我。

吃饭的时候，大力说，你知道我是个诗人，诗人不能老待在一个地方，我现在决定去流浪了。流浪，孤独，写诗，这才是我的生活。

柳橙和西瓜都呆住了。

大力接着说，这个客栈，就送给你们吧。

柳橙和西瓜都蒙了。

大力说，在这里照顾这家客栈，也算是有份工作。等到什么时候，你们的问题能解决了，你们再走，再把客栈还给我。

大力走的时候，柳橙哭了，她说，哥，你不用这样……

大力说，在这里待着，我腻了，换个环境，你们就当是替我看店吧，就当帮我个忙。

大力离开了大理，来了北京，认识了我们。

没有人知道这个糙汉心里还藏着这么个故事。

这几年，柳橙每个月都会给大力打钱，里面是客栈的收入。

大力说，每一次接到汇款短信，都觉得自己特别傻。

我们问大力，北京待得好好的，为什么非要走？

大力说，你知道我是个诗人，诗人不能老待在一个地方，我现在决定去流浪了。流浪，孤独，写诗，这才是我的生活。

我们都笑了。

大力说了谎。

或许，他只是觉得，在一个地方待久了，会特别想念一个人吧。

出去走走，总会好的。

断舍离，到底是什么意思？

也许就是认可已经发生的，期待即将到来的吧。

大力，像你这样的人，迟早会遇上属于你的爱情故事，然后，傻呵呵地幸福着。

祝福你。

❤ 我先爱为敬

04

等了十五年，才敢不喜欢你

煤球今年三十岁，生活平和安静，老婆温柔，孩子好看。

煤球是个胖子，婚后生活过于幸福，这从煤球的体形上可以看出来。

三十岁的煤球，始终有一个心结。

男人越成熟，心里的某个结就会以某种方式呈现出来。

三十岁的煤球，有一个作家舍友，大学四年同宿舍，感情深厚，熟知对方一切情史。

这个舍友就是我。

但同寝四年，煤球从来没有提起过他这个心结，可见他藏得很深。

男人只会把最遗憾的感情藏在内心最深处，煤球几乎在自己的心窝里打了一口油井，深不可测。

说女人心像海底深，那是不了解男人，男人的心藏的事儿更多，只是他从来不说。

前几天我去电台做节目，被问及自己写作的灵感来源。我回答说，大部分的灵感来源都是先出卖自己，然后出卖朋友。

随即我又说，生活中遗憾太多，能把往事装进故事里，是给回忆一个交代。

煤球开车买菜的时候，恰好听到了这个节目，他给我打电话，说想给自己解开这个心结。

三十岁的煤球，深夜，接到一个电话。

结婚有孩子的男人，手机在深夜响起来的时候，总是紧张的。

电话还没接，老婆的眼神已经递上来，煤球看着手机上的陌生号码，故作镇定地走出去。

如果不是自己的体形，孩子的哭闹，家里柴米油盐的味道提醒自己，煤球会觉得自己还是十四五岁。

这个电话与其说是来自澳大利亚，不如说是来自十五年前。

十五年前，煤球还是个瘦子。

瘦子煤球喜欢上班里一个叫菲菲的女同学。

菲菲是后来转到煤球班里的，没多少朋友，安静好看，爱看书，不爱说话。

沉默的女孩，最容易提起男孩的兴趣。

老师大概也看出来菲菲不合群，偏偏让她做了班长。

同学们都怕她，只有煤球不怕，煤球有一段时间甚至认定，世界上如果只有一个人懂她，那一定是自己。

瘦子煤球无师自通地觉得，这样安静的女孩，内心世界一定丰富得很。

煤球几乎贿赂了菲菲身边每一个人，从他们的只言片语中，努力还原着菲菲的内心世界。

从她的习惯开始。

菲菲胃不好，随身带暖瓶，离不开热水。

煤球就天天给菲菲打热水，这是一个男孩对女孩好最朴素的方式。

菲菲看在眼里，却从不道谢，两个人也不多话，每次煤球打回热水，顶多跟菲菲有一个眼神交换。

有一次，上着课，菲菲急性胃炎，疼得直不起腰来。

煤球跳起来，不等老师吩咐，抱起菲菲冲进了卫生室。

菲菲疼得说不出话，直到两瓶点滴打进去，脸上才有了血色。

从那以后，煤球发誓要治好菲菲的胃病。

他听说小米粥暖胃，就从家里带了小米，头一天夜里，用暖瓶加沸水，闷好。

第二天早上，菲菲就有了早餐粥。

菲菲的胃病，越来越少犯。

煤球说，那时候觉得，对一个人好，就是看到她有毛病，就想着给她治好。

自此以后，煤球和菲菲似乎有了某种难以言说的默契。

大半夜，煤球躲开巡夜的保安，偷偷爬到了菲菲三楼的宿舍。菲菲被敲窗声惊醒，要不是有很强的心理素质，可能会把煤球当成鬼。

你干吗？

我带你去个地方。

煤球扶着菲菲，从楼上顺着落水管爬下来。

两个人偷偷摸摸地跑到学校的铁栅栏院墙。菲菲愣愣地看着煤球，我没爬过墙。

煤球就劝，凡事总有第一次，来吧，我扶着你。

煤球首先爬出去，菲菲第一次爬墙，笨手笨脚，结果扯破了校服裤子。

菲菲合着腿，尴尬地看着煤球。

煤球脱下校服，给菲菲裹上，对菲菲说，裤子破了，也得去，为了这个晚上，我准备了很久。

菲菲不知道煤球搞什么鬼，任由煤球拉着袖子。

他们进了一个录像厅。

黑压压的一堆人，很多都是逃课的学生。

大银幕上，播放着画质糟糕的《古惑仔》。

煤球拉着菲菲坐下，两个人兴致勃勃地看着故事里的轰轰烈烈。

煤球透过光柱去看菲菲，觉得菲菲不比电影里的女主角差。

大半夜才爬墙回去，结果被保安大爷逮住。

煤球一把抱住了保安大爷，对着菲菲大喊，跑！

菲菲反应过来，拔腿就跑。

保安大爷想要挣脱煤球，但煤球双手生了根，保安大爷腰都扭了，也没能挣脱。

煤球被叫了家长，罚站。

菲菲在上课，脸上看不出来，心里急得不行，一节课下来，什么也没听进去。

事情过去以后，煤球成了反面教材，每一次都被老师拿出来说事儿。

菲菲每次听了都愧疚地看煤球，煤球就给她做鬼脸。

菲菲喜欢谢霆锋，钥匙扣上都是谢霆锋的贴纸。

煤球有些吃醋，但还是一边咒骂谢霆锋的刘海儿，一边拿腔拿调地学《谢谢你的爱1999》。

等菲菲晚上回宿舍，被蚊子咬得满身是包的煤球，从路边的冬青丛里跳出来，不由分说地开始号啕——

说再见，别说永远，永远不会太遥远。

菲菲哭笑不得地听完，认真而严肃地告诉煤球：希望你不要侮辱我的偶像。

煤球呆住。

菲菲喜欢看《流星花园》，但因为要上学，没办法看完整。

煤球跑遍了整个小镇，终于花光了自己的生活费，买回了全套的碟片，打算当作礼物送给菲菲。

结果，不幸赶上大检查，惨遭老师没收。

煤球急得团团转，用尽了所有的办法，希望从老师那里赎回。

老师说，想要可以，但是这次考试你要考到全班前十名。

煤球无奈，只好答应。

心里藏着这个秘密的煤球，突然像变了一个人。

发愤图强，每天闷头苦学。

菲菲有些困惑，扫地的时候，经过煤球，煤球不看她。

她低头扫地，煤球才抬起头，透过菲菲的校服，煤球看到了菲菲正在发育的胸脯，就像是看到了此生最美的风景。

煤球觉得自己长大了。

结果考试成绩下来，煤球没有考到前十名，但考到了菲菲前面。

菲菲本来就发挥失常，这下连煤球都没有考过，几乎崩溃。

煤球没有如愿要回碟片，反而让菲菲更难过了。

期末考试，煤球故意没有考好，排名终于到了菲菲后面。

煤球松了一口气。

菲菲知道了煤球这样对自己，很感动。

两个人维持着这份得来不易的小默契。

但随即而来的一件事，却打破了这种默契。

菲菲无意中听人议论，说菲菲喜欢煤球，为了吸引煤球的注意，故意闹胃病。

煤球为了让菲菲名次在自己之前，故意考不好。

菲菲认定，这些秘而不宣的事情，肯定是煤球故意透露的。

菲菲气坏了，质问煤球，说了狠话，我才不会喜欢你！

煤球气坏了，一怒之下，索性回了家，气得在家装病，一个月不肯上学。

"她伤害了一个少年的感情。"煤球气鼓鼓地说。

一个月之后，煤球回到了学校。

教室里，菲菲的桌椅空了。

煤球慌了神，第一反应是，那套《流星花园》的碟片，再也送不出去了。

后来，煤球终于知道，菲菲全家去了国外，澳大利亚。

煤球原本对澳大利亚无感，只知道那里有袋鼠。

直到菲菲去了那里，煤球从此恨上了澳大利亚，这个地方抢走了自己心爱的姑娘。

故事总是有头有尾。

可是生活里，很多事情都是戛然而止。

两个人的故事，没有再继续。

菲菲这一走，转瞬过去了十五年。

十五年里，误会一直是误会。

煤球从瘦子变成了胖子，娶了妻子，生了孩子。

菲菲也嫁人了。

年少时的一段过往，却印在了两个人心里。

成为某种遗憾和某种心结。

三十岁的煤球，深夜，接到的这个电话，来自菲菲。

时隔十五年，两个人终于在一个夜里，再次说上了话——

我找了好久，才从老同学那里找到你的电话。

我电话老换……其实，那些话不是我说的。

那时候你干吗不解释？

我生气啊。

唉，那时候都还小，不懂事。

我还有一套《流星花园》的碟片在老师那儿呢。本来打算送给你的。

哈，后来，我在澳大利亚这边无聊，都补完了……

十分钟的通话，连接的是十五年前后。

末了，煤球发去了自己老婆和孩子的照片。

照片上，缩小版的煤球笑得风生水起。

菲菲发了自己的近照，除了头发更长了，别的似乎都没怎么变。

等了十五年，才敢不喜欢你。

粗线条的煤球，告诉了我这句话，我看到了一个伤感又释怀的胖子。

生活中遗憾太多，能把往事装进故事里，是给回忆一个交代。

愿我们都找到内心的平静。

女朋友是练杂技的

不知道你有没有这样的朋友，无论是什么时间，无论你遇到什么问题，只要你打电话给他，他都会第一时间出现。

我有个这样的朋友。

他叫许诺。

许诺自从有手机开始，就没换过号。

他说，我很担心大家找不到我。我的手机号就是我在人间的坐标。

而许诺是我们许多人青春的坐标。

大学毕业六年之后，许诺突然跟我视频通话。

当时我在成都出差，正蹲在厕所里，努力排泄着头一天吃下去的川辣火锅。

我接通视频，许诺的大脸从方寸之间绽放开来，几乎要溢出屏幕。他以兴奋到几乎要撕裂的声音喊出来：二哥，你猜我在哪儿？

我正在和肠胃搏斗，懒得理他。

他又喊，你猜我跟谁在一起？

我无奈，你不是跟你老婆度蜜月去了吗？你还能跟别人的老婆在一起吗？

许诺几乎是欢呼起来，是啊，我就是跟别人的老婆在一起，你的老婆。

我一愣，啥意思你？

许诺连忙修正，是差点儿成为你老婆的女人，你前女友，我前二嫂。

我呆住。

不等我拒绝，许诺已经晃动着镜头跟我说，来来来，快跟前二嫂打个招呼。

小不点的脸出现在屏幕里的时候，我几乎从马桶上摔了下来，世间尴尬如果有一百，此时的我就是满分。

几乎是在同一时间，堵在我肠胃里的火锅终于一泄如注。

小不点礼貌地跟我打招呼，努力让脸上有微笑。她瘦了很多，头发也过了肩膀，我和她分手之后，已经有许多年不联系了，此时突然上线，谁也不知道该说点什么，只剩寒暄——

你怎么样啊？

挺好的，你呢？

我还那样。哎，你瘦了啊。

你脸大了。

最后，许诺叫嚣着，二哥，我替你跟前二嫂合个影哈。

我心里五味杂陈地结束了这段通话。

味道总会伴随记忆，我和小不点的这次远程谈话，始终和不愉快的气味纠缠在一起，就像那些折磨着你我的感情一样，等着有一天彻底排泄，彻底遗忘。

我怎么也想不到，许诺会利用度蜜月的时间，去异国他乡看望我的前女友。

许诺说，我这不也是顺便吗？你们分开那段时间，我天天替你俩传话，实在是看不下去了，就想让你俩聊聊，谁知道你不珍惜机会，光说那些没用的。

我苦笑，聊什么不重要，重要的是聊过了就好。

兄弟做到这个份儿上，没说的，许诺是整个人间的稀有动物。

再一次见到许诺，是许诺去领离婚证的时候。

不知道他哪根筋搭错了，非要我们跟他还有前妻一起去民政局，要我们帮忙做个见证。

我们都奇怪，离婚有什么好见证的？

许诺说，既然你们参加了婚礼，就应该见证我们离婚。我希望我人生每个重要阶段，兄弟们都在。

哥儿几个都很无奈。

许诺拉着我们，还有他结婚不足一年的前妻，要在民政局门口举着离婚证合影，费了半天劲，才逮住一个从里面离完婚走出来，哭丧着脸的男人。男人一脸不情愿地给我们按下了快门。

又是一张合影。

许诺酷爱合影，无论大事小事，好事坏事，总喜欢合影留念。

前几年，许诺割痔疮，麻药劲儿还没散，他就央求主刀大夫，你能不能举着手术刀和我合张影？

大夫竟然欣然应允，极其配合地举着刀，找来护士，拍下了一张珍贵的合影。

许诺还感叹，说实话，我完全可以做臀模，我屁股生得煞是好看。

这一次离婚，说出口，并不体面，只有我们几个要好的朋友知道。

许诺结婚后，在双方父母的催促下，小夫妻两个奋力造人，但一直无法播种成功，前去医院体检，医生告知，许诺精子活力低，需要接受治疗，为期六个月。

这六个月里，许诺吃中药吃到仙风道骨，每次放屁都担心自己羽化登仙，同时也察觉出老婆对自己的冷淡程度以肉眼可见的速度加深。

治疗到第五个月的时候，老婆跟许诺提出了离婚。

揍性！一点感情都没有吗？我只是活力低，又不是不举，哪次在床上她不哭爹喊娘？现在卸磨杀驴，说离婚就离婚，没人性。

许诺努力挽留，不同意离婚，老婆只好跑回家避风头。

许诺去丈母娘家里，要接回老婆。

结果一进门，就被岳父岳母小舅子一群人，按在地上，结结实实地揍了一顿，理由是，结婚之前隐瞒自己精子活力低的事实。

许诺被扔出来，和他一起被扔出来的还有他买的下酒菜。本想着和好酒的岳父喝一顿，拉拢拉拢，结果没想到老头儿得知他要来就先喝高了，趁着酒劲揍他，体力好到不像是个老年人。

许诺鼻青脸肿地回到家，自己把下酒菜做了，一瓶酒喝干，抱着马桶睡了一晚上，第二天一早，在离婚协议上签了字。

办妥了离婚手续，我们跟许诺回家。
家里一片狼藉，乱七八糟地碎了一地。
许诺说，都是和前妻吵架的时候摔的。
只有那面照片墙完好无损。
许诺说，要不是我用身体护着，她肯定得都给我砸了。

许诺的郑重其事地把在民政局的合影挂在了他的照片墙上，位置就选在了许诺痔疮手术跟医生合影的旁边。

许诺的这面照片墙，几乎空前绝后，是许诺一个人的纪传体通史，每一个重要时刻都有合影，包括那条养了七个月就得狗瘟死去的狗子。

我们合力在废墟里清出一块空地，靠着许诺的照片墙，叫了外卖，兄弟们胡吃海喝，一直到后半夜。

我问许诺，接下来打算怎么办？
许诺说，我得先把剩下一个月的中药吃完，吃完了以后，我就不是我了，我就是一个播种机，我的种子，谁沾谁着。游泳馆都不让我进去，我要是在泳池里播种，整个游泳馆的女人都得怀孕，还是双胞胎。
兄弟们笑得前仰后合。

许诺盯着我们挨个儿看，说，我下次结婚，你们可一个都不能少，都得来，红包要比上次还大。
我们只能答应。

许诺突然很突兀地问，青桔现在怎么样了？你们跟她还有联系吗？

我们笑了，你这刚离婚就想念旧情人，合适吗？

许诺说，废话，不离婚我想她才不合适。

喝到凌晨，大家终于扛不住了，倒在地上躺得横七竖八，玉体横陈。

许诺在最后一刻，撑着摸出手机，自拍了一张合影，记录下我们每个人的丑态。

那次醉酒之后，许诺开启了他的疗伤之旅。

他想来想去，决定去见见青桔。

旧情人永远是男人心底的隐痛，承认了不丢人。

许诺多方打探，知道青桔几年前就回到了老家小城。

离婚后的许诺穷极无聊，特别怕一个人待着，于是就驱车去找青桔。

路上，许诺想起了许多平时很少想起的事情。

有些记忆，不能轻易唤醒，一旦唤醒，就容易决堤。

许诺生命中大部分的第一次，都是和青桔一起做的。

大学时候，两个人都是穷学生，却都热爱旅行。

第一次买廉价的红眼航班去另外一座城市，凌晨降落，只是为了在飞机上看日出。

许诺说，在飞机上看日出绝对是人生中最不能错过的体验，你在云朵之上，太阳在你之上，冒出头来，万丈霞光，而身边的青桔刚吃完辣猪皮，正辣得呼气，许诺激动地亲了青桔的嘴唇，从此这个吻就成为辣猪皮味儿的。

两个人第一次在路上，像落难夫妻一样搭车，等了几个小时都搭不到，最后终于停下一辆拉煤的货车。

许诺和青桔蹲在车兜里，实在太累了，睡着了，醒来时几乎要认不出对方，以为身在非洲。

两个人第一次心惊胆战地住进了小旅馆的同一个房间。

许诺穷尽心智地想要睡在青桔身旁，但青桔看透了许诺的邪念，坚决不同意。

最后幸亏有成群蟑螂出没，青桔吓得一个人不敢伸腿，只好任由许诺躺在她身边。

从此以后，许诺对蟑螂都有了好感。

青桔有个愿望，想要在很多很多名胜古迹前接吻、合影。

她说，如果做到的话，每一次在明信片上、电视上、电影里，只要见到这个名胜古迹，就能想起曾经在这里亲过嘴儿，心里会很甜蜜。

许诺就和青桔一起努力存钱、旅行，去许多城市接吻、合影。

从此，许诺养成了合影留念的习惯。

许诺和青桔的影集，此刻就躺在副驾驶位上。

结婚之后，许诺把这本影集藏得很深，生怕被妻子看到，如今老婆没了，可以肆无忌惮地怀旧了。

到了小城已经是夜里。

许诺这才想起自己并没有青桔的联系方式，也根本不知道青桔如今的家庭住址。他一个人开着车，在雾霾浓重的小城里乱转，路过灯火辉煌的洗浴中心、廉价的小旅馆、嘈杂的大排档……

他努力想象着青桔现在生活的地方，想象着青桔如今的样子，她现在穿什么风格的衣服，留多长的头发，在哪里吃饭，路过何方，家里的窗帘是什么颜色。

就这样有的没的转了几圈，想了许多，天蒙蒙亮的时候，许诺突然觉得假借着叙旧的名义，去打扰另外一个人的生活，激起对方内心的波澜，破坏她的平静，实在不应该。

于是，他下车，抽了一根烟，找了个公共厕所撒了一泡尿，算作是留在这座小城的痕迹，大致相当于到此一游，随即驱车原路返回。

回来的路上，许诺心情好了一些，也算是乘兴而来，尽兴而归。

回到家，许诺妈妈让他回家吃饭。

离婚之后，老妈开始担心许诺的精神状态，生怕许诺一时间想不开寻死觅活，为此已经开始密切地给许诺安排相亲了。

老妈说，离婚咱立马就能结婚，这叫无缝衔接。

许诺却始终提不起兴致来，见的姑娘也都平平，入不了他的法眼。

席间，老妈告诉许诺，既然已经离婚了，那你去把我送给那个人的玉镯子要回来，那可是我们家祖传的，她不配了。

许诺面露难色，都给人家了，再要回来不好吧？

老妈说，别的都可以不要，但唯独这个必须要回来，你要是要不回来，我亲自去。

许诺无奈。

许诺去了前妻单位，在楼下等到了前妻。

离婚后，前妻容光焕发，年轻不少。

说明了来意，前妻发出几声冷笑，给我的东西还有脸往回要？我就是丢了也不给你。

许诺叹了口气，我们是和平离婚的，大家有话好好说，不管怎么样，不都在一张床上睡过嘛，周一到周日，哪天晚上我偷懒了？为了你，我都腰肌劳损了，我怨过一句吗？

前妻的脸色缓和了一些。

许诺递上话，这样，哪怕我买回来呢。我也是为了我妈，要是我自己，我真不要。

前妻想了想，说，那行吧。这样，咱家的家用电器当时都是我选的，我都很喜欢，你给我拉回来，我就把镯子给你。

许诺点头，成交。

许诺雇了一辆卡车，把电视机、电冰箱、烤箱、空气净化器一股脑儿地都卸在了前妻家，但是拒绝了前老丈人醉酒后邀请他共饮几杯的要求。

前妻把镯子递给许诺，跟他说，咱两清了。

许诺没多话，转身走了。

把玉镯子还给老妈的时候，老妈接过来，分外珍惜，感叹，这玉镯子可是前清的宝贝，我得找人保养保养，驱驱晦气。

回到家，搬空了家用电器的屋子里，空空如也，只有那面照片墙还栩栩如生。

许诺靠在照片墙上，睡着了，夜里做了许多可怕的梦，从这天开始，许诺就失眠了。

第二天上班迟到，被领导一阵训斥。

他几乎丢失了睡眠，每天只睡一点点时间，失眠的后半夜就开着他的破车，围着城市漫无目的地转，还给自己取了个名字叫"夜行者"。

许诺渴望自己能遇到一些人间不平事，好让他挺身而出，见义勇为，磨损胸中万古刀，维护北京的城市秩序。

可惜这种事一次也没有发生。

许诺被巨大的空虚所包围。

他开始培养古怪的爱好，看各种展出、话剧，托朋友拿到一些综艺节目的入场券，和一群退休后无所事事的老年人一起，坐在观众席里，听由导演的指挥：笑，鼓掌，欢呼。来，继续，鼓掌，笑，欢呼。

直到许诺拿到一张杂技表演的门票。

看着杂技演员们又是飞檐走壁，又是大劈叉，又是空中飞人，许诺突然想起自己小时候的梦想——

老师，我想成为一名杂技演员，拥有一个属于自己的马戏团。

许诺要学杂技。

找到了一个儿童杂技班，据说，教杂技的张桃老师是国家级的杂技演员。

许诺不顾劝阻，非要报名，最终被保安丢出去。

许诺不死心，冒充学生家长，每天去看张桃老师教孩子。

张桃身体柔韧度好到可怕，一字马说来就来，看孩子们的眼神满是疼爱，身怀绝技，却又性格温柔。

许诺冒充了一个礼拜家长之后，终于主动跟张桃老师提出，老师，我想学杂技。

张桃上下打量许诺，杂技都是从小练，你现在练晚了。

许诺忙摇头，不晚不晚，永远不晚，说罢就给张桃表演了一个钝角大劈叉，挣扎着说，老师我也练过，你就收下我吧。

张桃都惊了。

许诺每天都来，和孩子们一起练基本功，每天都疼得张牙舞爪，叉还没劈下去，嗓子先喊劈了。

许诺决不放弃，努力劈叉，想把钝角变成锐角，脸涨得通红。

张桃走过来说，算了吧，你一大人，干吗呢这是？

许诺说，我不。我觉得疼痛让我知道我还活着，而且我失眠俩月了，自从练了杂技，每天回家倒头就睡，一觉睡到大天亮。杂技就是我的安眠药，我必须得练。

张桃笑了，你不是第一个想追我的家长。说吧，哪个是你孩子？

许诺一愣，随手指了指张桃的肚子，孩子可能在这里。

张桃眉头一皱，一脚踩在许诺正在劈叉的大腿上，一声惨叫，直抵云霄。

下了课，许诺每次都觍着脸，想要送张桃回家。

看穿了许诺心思的张桃，每次都说不用。

直到有一个周末下大雨，张桃叫不到车，许诺的车停在张桃身边，探出头来喊，上来吧张老师，有道友在此历劫，这雨一时半会儿停不了。

张桃没办法，只好上了车。

许诺有点兴奋，问张桃，张老师你家怎么走？

张桃说，去巨鹿小学。

车子在小学门口停下，张桃撑着伞接回来一个小男孩，伞都给小男孩遮了，张桃自己全身湿漉漉的。

许诺打量着小男孩，有些发愣。

张桃说，我儿子。

许诺蔫了。

送回了家，吃完了饭，哄孩子睡了。

张桃和许诺一起在阳台上抽烟。

张桃说，我结过婚，去年离了，儿子判给了前夫，我每周末带他。我知道你喜欢我，但我暂时不想谈恋爱，也没想结婚，你别在我这里浪费时间了。

许诺开着车，在大雨中透过玻璃看出去，心里想了很多。

许诺请我们喝酒。

跟我们说起这事儿，许诺说，有孩子也没啥，我觉得我就是喜欢她。她让我能睡能吃，这样的人要是错了，就只剩下后悔的份儿了。

我们打趣，你小子绝对是冲着张桃的柔嫩度去的。

许诺说，张桃可能是上天赐给我的救命稻草，我得抓住。

许诺继续去练杂技。

张桃说，你怎么还来？

许诺说，我怎么能不来？

张桃说，咱俩都被生活和婚姻伤过，没必要再来一次，现在这状态挺好。

许诺说，咱俩都被生活和婚姻伤过，互相疗伤不是更好吗？天生一对么么哒。

张桃没说话。

许诺练了三个月杂技，只学会了大劈叉。

结业典礼上，许诺站在一群孩子中间，簇拥着张桃，拍了一张合影。

合影上，许诺穿着练功服，笑得很开心。

许诺送张桃回家，两个人一起把孩子哄睡着。

许诺拿起外套要走，张桃拉住了他，今晚别走了。

许诺愣住了。

两个人压低了声音，在张桃那张床上亲热。

关键时刻，许诺从毛衣里挣脱出来，捧起张桃的脸，我必须要告诉你一件事。

张桃浑身发热，难以置信，问，一定要现在说吗？

许诺坚持，我有义务先告诉你。我前妻之所以跟我离婚，是因为我精子活力低，我吃药治疗了，但是不知道治疗得怎么样。我自己觉得没问题，但我不知道到底有没有问题。

张桃没说话，以手撑地，双腿撑开，摆了一个杂技里常见的一字马，声音从地面传过来，试试就知道了。

许诺试了六十多种姿势，才终于完美地配合了张桃。

许诺取了个名字，这一招叫——绝杀十字固。

许诺带着张桃和我们一起吃饭，张桃手腕上戴着那个翠绿的玉镯子。

玉镯子早已经适应了新的主人，温润有光。

许诺通知我们喜讯，并千叮咛万嘱咐，婚礼一个都不能少，红包要比上次的大。

大家哄堂大笑。

许诺拉着我，跟我说，二哥，我这次度蜜月还去看前二嫂，还给你发视频。

我一口酒喷到他脸上。

民政局里，许诺和张桃去领证，好死不死地遭遇了同样前来领证的前妻及其下一任丈夫。

许诺愣是拉着张桃，和前妻夫妻俩一起，四个人在民政局前，又合了一张影。

许诺跟前妻道谢，谢谢你跟我离婚，谢谢你来见证我的幸福。

事情永远都不会太坏。

前提是你熬到雨停。

06

见前任

男人长大了，就会越来越体面。

人们把这种体面，称为成熟。

让成熟的男人狼狈和不体面的事情，越来越少了，但并不是没有。

一

飞机晚点得厉害，煎饼饿着肚子，打着哈欠，长出胡楂，连换洗的衣服都没带，只背着一个背包，就在深夜降落到了一座海边的小城——烟台。

他一下飞机，还在机场里，就能嗅到他曾经在这里留下的那些青春的气息。

人就是这么奇怪的动物。

此刻，距离他上次离开烟台，已经整整十年了。

煎饼站在候机大厅，有些焦灼地等着另一架远道而来的飞机。

半个多小时后，那架红眼航班终于降落了。

煎饼安静地站着，心却跳得厉害，脸颊上的某个部位开始发烫。

❤ 我先爱为敬

他望着从里面走出来的脸色疲惫的人们，熙熙攘攘，带着异国他乡的征尘，尽管人很多，但他还是一眼就从人群中发现了她。

她没变。

煎饼心里想着，嘴里就先喊出了她的名字——王子。

她有一个很有意思的名字，叫王子。

一个女孩叫王子，有点莫名的喜感。

推着箱子的女孩，风尘仆仆，听到有人喊自己的名字，抬起头，就看到了煎饼。

要是换作十年前，两个人会用流星的姿势冲向彼此，狠狠地砸进对方的怀里。

但现在，他们慢慢走向对方，走近了，对望着，都笑了。

男孩和女孩长大了，早已经擅长把情感锁在寒暄和表情里。

煎饼接过王子的行李箱，走吧，去北马路。

北马路，是煎饼和王子念书的时候常去的地方。

那里有小吃摊，有卖衣服的，还有林林总总的快捷酒店，盛满了那时候年轻男女纷纷的情欲。

到了北马路，找了一家大排档坐下来。

两个人寒暄。

说的话就像是通关密码。

不知道人类是什么时候擅长用简单的语言表达复杂情感的。

喝了几瓶啤酒，煎饼和王子没有那么生分了。

煎饼说，十年了，没想到你真会来。

王子笑笑，其实我也没想到你也会来。

二

煎饼从小到大的梦想，就是考进清华北大，但奈何学习成绩不好，只考了个二本。

高考失利，让煎饼颇有点怀才不遇的愤懑，上大学的第一天，就跑去自习室上晚自习，惊着了从高中升入大学之后，正撒欢闹腾的同学们。

而煎饼变本加厉，天天晚上去上晚自习，不在宿舍玩游戏，也不打牌，甚至不谈恋爱，同学们一致认为，煎饼是个怪物，甚至可能不喜欢女孩子。

煎饼听闻传言，却不以为然，放出豪言，我不谈恋爱是有理由的，我打算努力提高自己的同时，等待着我的真命天女出现。

同学问他，那请问你的真命天女什么样？

煎饼扬言，我早就想好了，我要找一个煤老板的女儿。

结果，热心的同学们一传十、十传百，成功地让煎饼的这句戏言成为他严肃正经的择偶标准。

而王子同学，还真就是整个经管系唯一的煤老板的女儿。

这就尴尬了。

女生宿舍卧谈会，室友说笑，说起了煎饼的择偶标准，打趣王子，这不就是变相跟你表白吗？看来煎饼同学喜欢你啊。

王子冷笑三声，也不看看他自己什么样，还找煤老板的女儿。煤老板的女儿能看上他？

这句话传到煎饼耳朵里，煎饼愤怒了，在宿舍里大骂，谁说我要找的人是她了？她也不照照镜子，她脸那么长，大驴脸似的，我能看上她？做梦去吧。

两个人隔空骂战，从此交恶，上课见了面，不说话，互相给对方一个冷眼。

为了更好地知己知彼，不在这场旷日持久的隔空对战中败下阵来，煎饼花了三顿食堂小炒、十杯奶茶，终于买通了王子的室友沈静。

沈静吃着肉夹馍，喝着奶茶，口齿不太利索地告诉煎饼，王子啊，她有男朋友。不过现在两个人异地恋。

煎饼听了，若有所思。

沈静吃完肉夹馍，端起了蛋炒饭，豪气迸发，你要是挖墙脚，告诉姐，姐可以为了食堂小炒"大义灭亲"，谁让他们异地恋的？早死早超生。

煎饼连忙摆手，别别别，别误会，跟她好？别开玩笑了，我没打算走上永不超生的道路。

不久之后，搞笑的事情又发生了。

王子的男朋友来学校看她，没地方住，正赶上睡在煎饼下铺的四张要请假回家，四张就自作主张，让王子的男朋友睡他的床铺。

煎饼心想，也好，瞧瞧能看上大驴脸的男人长什么样，对他进行一下人道主义关怀。

晚上，王子的男朋友赵赵，带着一袋水果，进了宿舍。

煎饼分外殷勤，对他嘘寒问暖，还积极地拉着赵赵进了卫生间，指着用大可乐瓶做成的莲蓬头给赵赵介绍，你瞧，这是我自己做的，洗澡可爽了，你是喜欢热带雨林呢，还是喜欢倾盆大雨呢？来来来，一定要洗个澡，保证你洗一回就再也忘不了。带毛巾了吗？带拖鞋了吗？没事，没带用我的，我现成的。

赵赵架不住煎饼的热情，就鼓足了勇气，忍着冷，洗了一个凉水澡，披着毛巾出来的时候，冻得瑟瑟发抖。

煎饼浑然不觉，洗了赵赵带来的水果，热情地招待，来来来，吃水果，千万别客气。

就这样，煎饼坐在赵赵的床铺上，和赵赵一直聊到熄灯，竟然有一种相见恨晚之感。

半夜，煎饼被一只滚烫的手拍醒，迷迷糊糊地睁开眼睛，看着赵赵披着被子虚弱地站在床前，奄奄一息地对他说，哥，我好像发烧了，有药吗？

煎饼惊醒，连忙跳下床，满宿舍地翻退烧药，没有。

赵赵烧得开始说胡话，煎饼一看这可坏了，烧坏了大驴脸肯定以为我是故意的啊。

当即不由分说，把赵赵卷鸡肉卷一样卷进被子里，扛起来就往外走。

扛着赵赵跑出了宿舍，煎饼才发现自己踩着人字拖。

管不了那么多，他扛着赵赵大步往卫生室跑，经过女生宿舍的时候，突然间，两个保安大爷从斜刺里冲出来，"砰"的一声，赵赵卷着被窝滚落到冬青丛里，煎饼被两个保安大爷结结实实地按倒在地上，嘴啃着泥。

保安大爷正气凛然，胆儿太肥了，现在的贼都敢来学校里偷人了，当我们这些大爷是吃干饭的吗？

好不容易解释清楚，在两个保安大爷的护送下，敲开了医务室的门，把值班的护士叫醒，给赵赵挂上吊瓶，煎饼才松了一口气。

这时候，就看到王子穿着棉睡衣，踩着棉拖鞋冲进来，她看看躺在床上输液的赵赵，又看看踩着人字拖冻得正疯狂抖腿的煎饼，愣住了。

煎饼堆起一脸憨笑，没事了没事了，发烧，输液就好了。

王子坐到床边，看着已经睡过去的赵赵，试了试赵赵的额头，又看看一直对着她莫名憨笑的煎饼，谢谢你啊。

煎饼抖着腿，声音都带了颤音，不客气不客气，这是我应该做的，一块儿睡觉了就是缘分。

煎饼的"见义勇为"让王子对他有很大改观。

两个人也终于不再隔空攻击对方。

为了表达诚意，煎饼主动放弃了对王子"大驴脸"的蔑称，并且承认，王子的长脸是典型的美人脸。

王子也不再攻击煎饼，两个人正式破冰。

三

有一天，煎饼突然收到了王子的短信：下了晚自习我请你喝奶茶。

煎饼有点紧张，是不是当时让她男朋友洗凉水澡的事情暴露了？

忐忑不安地到了食堂，王子已经端着热气腾腾的奶茶在等了。

煎饼坐过去，小心翼翼地打了个招呼。

这是两个人第一次单独见面。

王子光喝奶茶不说话，煎饼都有点蒙了，刚想开口，王子突然说，你先别说话，我就想找个人陪着我喝杯奶茶。

啊？这啥意思啊？

王子喝完了自己的，又指了指煎饼面前那杯，你喝吗？

煎饼一愣，摇摇头。

王子把奶茶拿起来，又咕嘟咕嘟地喝起来，喝着喝着，就开始无声地掉眼泪。

煎饼更呆了，非常不安地四处看看，不知道该说点啥，你怎么了？

这一问不要紧，王子的眼泪就像断线的珠子一样，噼里啪啦地往下掉。

煎饼张大了嘴，说不出话，只能看着王子一边喝奶茶，一边掉眼泪。

两个人就这么干坐了一个多小时。

王子喝完两杯奶茶，哭湿了一整张桌子，终于擦干眼泪，不哭了，看着煎饼，说了句，谢谢你陪我，我和男朋友分手了。

煎饼这才恍然大悟，但不知道该说点什么安慰，只能说，不客气不客气。

王子擦干了眼泪，还有些抽泣，你送我回宿舍吧。

煎饼一愣，连忙点头。

两人走到食堂门口的时候，王子突然脚下一歪，差点儿摔倒，煎饼下意识地扶住她。

王子就任由煎饼扶着，歪歪扭扭地往女生宿舍走。

走到女生宿舍楼下，王子迷迷糊糊地对煎饼说，不好意思，我喝醉了，你别见怪，我上去了，晚安。

说完，就不管煎饼了，自顾自地进了宿舍。

煎饼站在女生宿舍楼下，看着王子慢慢消失的背影，又看看窗户里那些五颜六色的女孩内衣，才反应过来，喝奶茶也能喝醉？

煎饼再见到王子的时候，感觉不一样了。

以前注意不到的东西，现在总是往煎饼眼里扎。

比如，王子很喜欢穿闪亮的衣服，走在阳光里的时候，身上总有个地方闪闪发光，有时候是耳环，有时候是手链，有时候是她花里胡哨的腰带。

比如，一到夏天，王子就喜欢穿热裤，两条大腿白晃晃地晃眼，像两个外星科技才能发明出来的发光体。

煎饼爱上了图书馆，学校的逸夫馆很大，藏书很多，煎饼发誓要从A看到Z。

王子就给煎饼发短信：喂，给我占个座。

两个人坐在图书馆靠窗的位子上，阳光斜射进来，正好给王子打了光，从煎饼的角度看，王子像从他春梦里走出来的妖精。

煎饼在看《王小波全集》的时候，王子翻看着一本厚厚的铜版纸插图本《西方美术史》，煎饼偷瞄了一眼，发现油画里的女人都不怎么穿衣服，渐渐地，油画里不穿衣服的女人，就变成了王子。

煎饼看得出神。

煎饼和王子恋爱了。

除了回宿舍睡觉，两个人天天在一起，上自习，去图书馆，去食堂吃难吃的饭菜，下了晚自习去操场躲在阴影里拉手，亲嘴，手脚不老实，探索彼此的身心。

王子生日那天，拉着煎饼说，我发现了一个秘密。

煎饼跟着王子进了竣工不久的第二教学楼，不坐电梯，走楼梯，到了五楼。

王子指着她发现的秘密给煎饼看，那是两面墙之间的一个空隙，大概有一人宽，几乎不会有人发现。

王子努努嘴，来吧。

煎饼不解，干吗？

王子说，我跟他打个招呼，正式建交一下。

煎饼愣住，谁？

王子不说话，把煎饼欺压到墙上，顺势解开了煎饼的腰带。

煎饼积蓄已久的滚烫，迎来了个人历史上最大的一次泄洪。

生命中有许多第一次都发生得猝不及防，虽然此前煎饼在硬盘里看过同样的场景，但事到临头，煎饼还是紧张得浑身发抖，不停地深呼吸安抚着自己的身心，从此以后，永远都忘不了"安全出口"荧荧的绿光。

送王子回宿舍的时候，煎饼两条腿发软，走起路来需要王子扶着。

告别的时候，王子问他，什么感觉？

煎饼搜肠刮肚找不到字眼儿形容这种感觉，只说了一个字，好。

煎饼又问王子，你什么感觉？

王子揉了揉自己的脸颊，我想我以后脸会越来越小的。

煎饼反应了一会儿才明白，笑得打跌。

煎饼和王子吵架，吵得凶的时候，闹着要分手。

要是王子服软了，她会说，我今晚上不想回宿舍了。

煎饼得了令，不用王子多说，提前订好酒店，拉着王子的手，坐17路公交车，到北马路的速8酒店，度过特别有意义的一个晚上。

此后的很多年，尽管煎饼是速8的钻石会员，但他再也没有住过那里。

攒了好久，终于攒够了钱。

旅行的第一站，选在了离烟台不远的大连。

买了晚上十点的船票，坐六个小时。

第一次坐大客船，两个人冒着寒风在甲板上拍照。后来，两个人的很多照片都是那个时候留下的，像是回忆的注脚。

冻得实在不行，返回船舱。

船舱里一共有四个舱位，有些闷热，其余三个舱位都睡着人，已经响起了此起彼伏的呼噜声。

煎饼和王子缩在船舱里，小声说着话。

王子突然咬煎饼的耳朵，敢不敢？

煎饼惊呆了，这里？有人啊。

敢不敢！

你敢我就敢！

像是电影里的慢动作，两个人一点一点地挪动，花费了四十分钟，终于完成了。

王子又拉着煎饼跑到甲板上，打开什么东西，洒进了大海里。

煎饼呆住，什么东西？

王子扶着栏杆，看着月亮底下起起伏伏的海浪，大声对煎饼喊，你说我把你的子子孙孙洒进大海里，多年以后，会不会生出长得像你的美人鱼啊？

煎饼笑了，凑过去揽住王子的腰，说，我不要美人鱼给我生，你给我生吧。

王子冷笑，做梦去吧你。

两个人在大连租了一间酒店式公寓，23楼，可以做饭。

晚上，王子成功地把薯条炸成了焦炭，把茄子烧成了糨糊，但煎饼还是兴高采烈地吃完，由衷地觉得幸福。

吃完饭，两个人站在窗口，眺望着大连的夜色。

煎饼觉得，从此以后，自己没有什么事情不能原谅。

四

到了大四，眼看着要毕业，两个人决定来一场毕业旅行，去泰安爬泰山。

坐绿皮火车，途经济南，绿皮火车很闷热，有个卖冰棍的半路上来，煎饼奋力冲出去，给王子买了一根，等蹭回来的时候，已经化掉了一半。

当然，旅行并不太平，两个人还是吵吵和和，一路吵到了泰山。

夜里十点爬泰山，整整爬了一夜，第二天早上，天蒙蒙亮，太阳要出来了，煎饼和王子瑟缩在军大衣里，看着万丈霞光，壮丽的景色让两个人都有了突如其来的伤感。

两个人紧紧抱着，都没敢想象即将到来的茫然未知的前程。

大四这一年，煎饼和王子相约考研，一起去北京，念各自喜欢的专业。

两个人占了考研自习室里的两个位子，一天到晚腻在一起。

拍毕业照，煎饼和王子把校园里的每个角落都拍进了镜头。

王子说，等我三十岁了，我想再回学校看看，你要陪我。

煎饼说，好啊，不知道三十岁我会不会发福。

煎饼说完，拉着路过的同学，给他和王子拍合影。

合影上，王子像当初第一次亲煎饼一样，给了他一个响亮的吻。

此后，煎饼像是拥有了某种超能力，只要王子向他靠近，煎饼就能感觉到脸颊上被王子亲过的地方发烫，就好像风湿关节炎能预知天气一样。

考研没有成功，王子在家人的安排下，去国外留学。

煎饼独自一个人，去了北京。

从此，开始了各自的生活。

两个人之间的距离，慢慢地拉开，已经不只是空间上的了。

靠越洋电话维持了一年以后，王子提了分手。

煎饼很痛苦，舍友们打来电话安慰，痛骂王子薄情。

煎饼说，其实先提分手的人，更痛苦。

舍友们都呆住，完全不理解煎饼这句话的意思。

分手以后，煎饼和王子仍旧经常隔着时差打电话。

煎饼并没有彻底死心。

直到王子突然失联了一整个月，煎饼急坏了，以为王子在国外出了什么事，把电话打到王子家里，才知道，原来王子去周游欧洲列国了。

煎饼放下电话，觉得是时候开始自己的生活了。

此后的联络越来越少，煎饼和王子都长大了，更多的挂念都放心里了。

一晃过了十年。

王子和煎饼都三十岁了，谁都没想到对方还记得那个约定。

两个人走在以前常走的那条路上。

煎饼拉着王子的拉杆箱，笑着说，真有意思，要是闭上眼睛，我们好像就能穿越回去，还在那儿念书，感觉只要城市还在这里，一切就都是相对静止的。

王子突然停住，看着煎饼，问他，你会不会恨我啊？

煎饼摇摇头，嬉皮笑脸，既然要分手，总要有人先说啊，你先说了，我感激你还来不及呢，这样我就不用做那个坏人了啊。

王子也笑了。

煎饼说，我们这次回来，就聊聊过去，谁也别问谁现在过得怎么样，也别问各自将来的打算，就当再回来做几天老同学吧。

王子点了点头。

晚上，还是那家速8酒店，现在装修了。

前台输入煎饼的身份证号码，说，先生，您是我们这里的钻石会员，可以给您升级成水床房，房费可以打八折。

煎饼一愣，随即和王子对望一眼，两个人都笑了，越笑越大声，笑得弯了腰。前台不明所以地看着这两个看起来像神经病的男女。

互道了晚安，两个人回到了各自的房间。

当天晚上，两个人都失眠了。

但第二天早上，吃早饭的时候，两个人都说昨天晚上睡得很好。

结伴回到学校，校园是个神奇的地方，好像永远都不会变似的。

操场还是那么空，逸夫馆还是那么大，只是煎饼和王子没有图书证，再也进不去了。

就像有些事情，一旦逝去了，就再也回不来了。

煎饼从书包里掏出那本《西方美术史》，拦住一个要去图书馆的学生，"同学你好，这是图书馆的书，你帮我还回去吧。"

学生狐疑地接过去，走进了图书馆。

煎饼和王子对望，都笑了。

走在烟台特有的低矮的云里，他们想起许多有的没的，一不留神，能迎面撞见当年的自己。

走到学校的小树林里，煎饼突然停下来，解下背包，对王子说，咱把这些留在这里吧。

王子一愣。

煎饼说，没准儿这样，二十岁的我们就还能留在这里，继续相爱呢。

王子点了点头。

两个人找了一棵树，挖了一个坑，把背包里剩下的东西掏出来，埋了进去。

煎饼说，合影我都留着了，做个纪念。

王子说，没事别看，我怕你还想我。

煎饼笑，你别说大话，我觉得你找不到像我一样爱你的人了。

两个人哈哈大笑。

第三天，两个人在机场道别。

王子说，谢谢你陪我来完成这个矫情的心愿。

煎饼摇摇头，甭客气，见这一面，我觉得咱俩之间就圆满了。

王子张开双臂，抱了煎饼。

这个漫长的拥抱，大概包含了两个人对彼此最长久的祝福。

两个人分别走向反方向，回到各自的生活里去，没有人回头。

爱到某一种状态，是互不依赖，各自生活。

故事里的男女主角不一定总是会在一起，很多时候，结局还是一个分别的故事。

但其实这个结局也不坏，有过即是圆满，他们都等着合上书的时候，读到那句话——

煎饼和王子，从此以后，各自过上了幸福的生活。

人间分手指南

一家快捷酒店的水床房里。

顾少裹着浴巾，看着被窝里的丽莉，语气谦卑恭谨：那一会儿我就冒犯了。

丽莉无所谓地点点头：你可想好了？

顾少深呼吸一口气：我想好了。

顾少看起来很紧张，额头冒出巨大的汗粒，如果不是坐着，汗粒自由落体可能会砸伤他的脚背。

顾少捧着手机，紧张得全身发抖，回头看看虚掩的房门，再一次深呼吸。

手机终于响起，顾少猛地接起来，听了也就三秒钟，立马挂上电话，目光炯炯，猛地站起来，一把扯脱了浴巾，整个人做大鹏展翅的姿态，飞扑而上，把丽莉死死地压在身底下。丽莉发出一声闷哼。

听着丽莉没什么声，顾少赶紧提醒：说好的环绕立体花式喊叫呢？

丽莉费力地发出声音：你肩膀顶着我的下巴了。

顾少连忙移开肩膀，丽莉的声音终于响了起来。

门被推开，黑妞一头短发，穿着一身运动衣，手里拿着一把黑色的长柄伞，可以说是款步走进来，斜了一眼厕所。

顾少听到有人进来，更加卖力地晃动水床，并且狠狠地拧了丽莉的胳膊，就像是调大了音响的音量键一样，丽莉果然更加夸张地叫了起来。

黑妞走到水床前，看着水床上正在蠕动的被窝，黑妞擎起伞，瞄了瞄，长伞一送，如同独孤九剑里的破剑式，黑妞还及时地喊了一句"fire in the hole"。

两个经过地球的宇航员，俯瞰地球的时候，可以清楚地听见顾少的惨叫。

黑妞找了一个舒服的姿势，坐在沙发上，斜睨着水床上裹着浴巾、表情痛苦的顾少，还有一脸置身事外的丽莉。

顾少咳嗽了一声，忍着疼，开口道："你也看到了，这就叫捉奸在床，我也没什么好解释的，我相信没有一个女人可以忍受这种场面，我们分手吧，这样对大家都好。"

顾少说完给丽莉使了个眼色。

丽莉语重心长道："同样作为女人，我很同情你，分手吧，找个更好的，这个就留给我吧。"

黑妞突然哈哈大笑。

顾少和丽莉对望一眼，都有些摸不着头脑。

黑妞停止了笑声，鄙视地看着顾少："这家快捷酒店离我住的地方，步行十分钟。大堂经理我们都熟，我们在这里开房不下五十次。十多分钟前我接到大堂经理的电话，说你带着一个女孩来这里开房。

"我正常步行过来，用时十分钟，大堂经理不敢正眼看我，只说了房间号。

"房门虚掩着，没关。

"我进来的时候看了一眼厕所，地面都是干的，洗手台上连一根头发都没有。

"从你刚才趴在她身上的位置来看，你根本没进去。

"以上四点说明，这是一个设计好了的局，你给了大堂经理小费，让他配合你。为了节省时间，没洗澡，直接脱了衣服，就等着我进来之后，给我演一出捉奸在床的戏，我说的没错吧？"

顾少目瞪口呆地看着黑妞，一句话也说不出来。

丽莉突然伸出了拇指，"牛！顾少是答应免费接送我一个月上下班我才帮忙的。另外，我其实不喜欢顾少这种类型。"

顾少无奈地垂下了头。

顾少把桌子拍得震天响，几乎是哀号，女版的福尔摩斯！柯南！御手洗洁！古畑任三郎！李昌钰！真厉害！你说你一个女孩子家，没事看什么推理小说！

我们都埋头吃火锅。

许畅赞叹，人家都是花心思怎么谈恋爱，你倒好，费尽心机地想分手，连捉奸在床的戏码都用上了。

九饼往自己碗里夹肉，炸你一脸……

大家嘴里叼着食物都瞪着九饼。

九饼连忙改口，炸你一脸……油豆皮。要我说，黑妞人挺好的，你们俩也挺般配，瞎折腾个啥。

顾少欲哭无泪，你们是只见过贼吃肉，没见过贼挨打啊！

顾少陷入了悲伤的讲述中。

顾少之所以费尽心机地要和黑妞分手，用他自己的话说，别人谈恋爱是风花雪月，而他谈恋爱是坐牢，是虐囚，是精神折磨，是慢性自杀。

而这一切都是因为黑妞这个别开生面的姑娘。

黑妞从来不化妆，非常讨厌高跟鞋和裙子，因此，在黑妞的衣柜里，找不到任何一条裙子，或者女性特征明显的着装。

黑妞深信头脑才是一个女人最性感的器官，所以她把所有的业余时间都用在了读推理小说、看悬疑电影上，如饥似渴地丰富自己的头脑。

更要命的是，黑妞几乎把所有的脑力锻炼都用在了和顾少的相处上。

顾少有时候觉得黑妞就是一个鬼魅。

一天晚上，顾少和几个朋友喝酒，喝到嗨，朋友们提议去KTV，于是请大家各自邀请身边能来的姑娘。

顾少随即给黑妞报备，我喝多了，先睡了。

等到黑妞的"晚安"之后，顾少兴冲冲地给单身爱玩、不用按时回家的女孩发了微信。

❤ 我先爱为敬

一呼百应，KTV里群魔乱舞，女孩们都穿得不多，跳起舞来，红尘滚滚。

顾少喝多了，脱了上衣，搂着两个女孩唱《我是不是你最爱的人》。

正唱得起劲，门被踹开，只穿着睡衣的黑妞走进来，拔了音响，整个包房瞬间安静下来，黑妞开了大灯，所有人面面相觑，顾少往两个女孩身后藏。

黑妞径直走近顾少，众目睽睽之下，黑妞做了一个令所有人大跌眼镜的举动：开始挠顾少的痒。

顾少被挠得翻倒在地，笑得上气不接下气。所有人都看呆了，直到顾少的笑声变得凄厉，大家仍旧没有反应过来。

这是顾少和黑妞的约定，顾少最怕痒，所以黑妞就提出来，如果顾少犯了错误，就要被罚挠痒，挠到生不如死为止。

夜色中的马路上，黑妞揪着顾少的领子，顾少嗓子已经笑劈了叉，欲哭无泪。

黑妞一言不发，周身散发出强烈的杀气，本来抓狂的顾少一肚子邪火憋在了肚子里。

至于黑妞到底是如何锁定自己位置的，顾少百思不得其解。

几天之后，才从黑妞口中套出话来，顾少听完真相之后，细思极恐。

黑妞注册了不同的微信号，分别以单身孤独寂寞美女、日本代购、健身教练、心理医生的名义加了顾少的好友们，每天都从这些好友的朋友圈中，利用大数据分析，确认顾少的行踪。

顾少和我们说起这些的时候，上下嘴唇都在抖动，我们可以清楚地看到顾少的心在滴血。

顾少也试图和黑妞说清楚，这种监视、管控在恋爱中，是极其不人道的，但黑妞表示，如果深爱一个人，就不应该对她说谎，你至少应该跟我说实话，你该去唱歌唱歌，该去撩妹撩妹，我只需要提前知道，但我不管。

顾少无法跟黑妞讲道理，但是又不想认输，两个人开始了脑力的较量。

如果要形容这场较量的话，大概可以用一个词——惨烈。

男人天生爱自由，黑妞越是管控得森严，顾少就越想做点出格的事情。

顾少每次和朋友聚会，都严格要求大家不准发朋友圈、微博、陌陌，不准打开定位功能，朋友们都被顾少折磨疯了，每次聚会，顾少都像个尽职尽责的空姐一样，一一检查大家的手机。

顾少如果约女孩吃饭，绝对会避开家和公司，精挑细选一家最偏僻的餐厅，而且甭管店长如何威逼利诱让顾少使用大众点评好评打折，顾少都会明确拒绝。

为了防止手机被定位，顾少买了新的手机，把旧手机放在家里，换了Apple ID。

为了保险起见，顾少认为，还是要以攻为守，于是收集了黑妞的社交账号，花了半个多月，从黑妞的生日、自己的生日、黑妞父母的生日、黑妞和顾少认识的纪念日，等等一大堆对于男人毫无意义、但对于女人意义重大的数字中，破解了黑妞的Apple ID。

自此，黑妞的位置化成了顾少手机上的一个小红点。

顾少终于可以放心地玩耍了。

顾少形容起这段日子，用了这样一句话：翻身农奴得解放，翻身农奴把歌唱。

黑妞见顾少最近老实了不少，心里很满足，心想自己终于驯服了顾少，成就感爆棚。男人还是能驯服的。

顾少从斗争中找到了相处的乐趣，占了上风，自鸣得意。

因为工作关系，顾少认识了一个叫果汁的女孩。

顾少原本没对果汁动心思，但没想到作为"95后"的果汁，热情主动，言语挑逗，还经常约顾少看午夜场的电影，暗示明显。毕竟已经是有女朋友的人了，顾少虽然心痒难搔，但想起黑妞发作时的杀气，还是忍痛拒绝了。

直到果汁吐槽，你是不是不喜欢女孩，还没有人敢三番五次地拒绝我。

顾少一听，嘿，还侮辱上了。

当即看了一下手机，代表黑妞的红点，还在自己的小区里。

顾少翻来覆去地熬到了十一点半，强迫自己睡觉，但无论如何都睡不着。

微信响起，顾少点开来看，是一张果汁的美丽自拍。

顾少感慨了一句，尤物啊，再也无法控制自己蠢蠢欲动的野心。

当即跳下床，以快进十六倍的速度收拾好自己，深呼吸，冲了出去。

看午夜场电影的成双成对的男女大致上有两种：

一种是正处于热恋期的情侣。

还有一种就是各怀鬼胎，还没上过床，但是打算尽快上床的男女。

顾少和果汁显然属于第二种。

电影看的是什么，顾少一点都记不清了，只是觉得全身肿胀，好不容易等到电影散场，顾少拉着果汁，迫不及待地到处找酒店。

果汁却已经贴心地亮出了房卡，顾少一脸惊喜，这样的女孩，哪里去找？

匆匆忙忙地拥着果汁进了房间，准备燃烧生命，却猛然间发现，床上还坐着一个人。

黑妞。

如果要总结男人一生中最恐怖的瞬间，那眼下这个绝对排名前列。

顾少的肿胀瞬间被黑妞内容复杂的眼神浇灭，那种戛然而止的感觉，多年以后，顾少仍旧记忆犹新。

顾少去看果汁，果汁耸耸肩，说了一句，舞台交给你们，转身带上门，走了。

黑妞近乎慢动作，走到顾少面前，顾少自觉地抬起胳膊，黑妞面无表情地开始挠顾少的痒，顾少笑得凄厉，黑妞脸上无声地掉下眼泪。

精疲力竭的两个人躺在地毯上。

顾少嗓子又劈了，沙哑着，用这一招试探我，你真够狠的。

黑妞流着眼泪，我原本以为你收心了，没想到还是狗改不了吃屎。

顾少难得地平静，这种试探，只要是男人，都忍不了。

黑妞冷笑，我就知道你会这么说，别为自己的猥琐找借口。

顾少叹气，黑妞，我累了。

黑妞看着顾少，你什么意思？

顾少爬起来，沉默了两分钟，喉头松动了六次，终于说了一句，分手吧。

顾少走出去，关上门，还能听到黑妞声嘶力竭地狂吼，想分手，门儿都没有！

接下来的日子，顾少试过许多方法，其中包括在朋友圈等所有社交平台，和双方的朋友们宣布，我已经和黑妞分手了。他甚至还群发了一封措辞严谨的分手声明。

但随即黑妞就在朋友圈发了两个人大尺度的亲密照。

顾少气疯了，再一次约黑妞，说了一大堆祝福的话，黑妞却顾左右而言他，根本不接招。

顾少被逼无奈，才使出了开头那一招阴损的捉奸在床，没想到又被黑妞化解于无形。

顾少想躲一段时间，回老家，结果发现黑妞早就来了，把顾少的父母哄得服服帖帖，顾少有苦难言，还要配合着黑妞演戏。

顾少深深地困惑了，分个手，还分不了了吗？这不扯淡吗？

顾少找我支招，你不是写了很多爱情故事嘛，来，你也给我的现实生活编剧编剧，怎么才能彻底和黑妞分手？你给我一个分手指南。

我说，我不想干这种缺德事儿。

顾少痛心疾首，就差跪在我面前了，这是缺德吗？这是拯救苍生。

我说容我想想。

顾少走的第二天，黑妞就约我们吃饭，傻子都知道这是鸿门宴，不约而同地推了。

许畅、九饼带着朋友来我家聚会，顾少也来了，全程愁眉苦脸。

我们正在商议对策，黑妞突然造访，直接带着菜来了。

我们都傻了眼。

黑妞在厨房哼哧哼哧地忙乎，我们面面相觑，顾少一脸生无可恋。

一桌子菜，气氛别致。

黑妞就杀气腾腾地坐在那里，看着我们，说话无比精简。

她说吃，我们就低头吃。

她说闭嘴，我们就闭嘴，继续低头吃。

顾少吃不下，黑妞就看着他，两个人对峙。

黑妞说，我不会和顾少分手的，你们要是敢管，我用日本推理小说里的办法弄死你们。

朋友们反应出奇地一致，一言不发表示默认，只顾着低头狂吃。

顾少偏不信这个邪，开始接触别的女孩，准备开始新的感情，让黑妞知难而退。

没想到，黑妞直接找到那个女孩，上演苦肉计，伪造了结婚证和孩子的出生证，拍到桌子上。女孩看了以后，回去给了顾少两个耳光，走了。

顾少看着女孩的背影，五味杂陈，气得嘴唇抖动。

但顾少不服输，而且认定了，找一个新的女朋友，是让黑妞离开自己的最佳方式。

好在顾少身边女孩不少，顾少很快有了一个更加周密的计划，为此半夜还兴奋地起来冲了个凉。跟我玩智商，我玩死你。

顾少约了黑妞，黑妞来了之后，发现顾少身边还坐着一个女孩。

顾少介绍，这是我的未婚妻，你可以叫她栗子。

这是我前女友，你不用知道她的名字。

黑妞冷笑，你以为找个人演戏，我会上当？做梦！

顾少忍到了极限，拉着栗子和黑妞去了民政局，当着黑妞的面，和栗子领了结婚证。

黑妞这下子傻了。

顾少趾高气扬，现在死心了吧？

黑妞一言未发，转身就走。

顾少紧绷了半年多的神经，一下子松弛下来，觉得全身都软了下来。

没有黑妞的日子，顾少既觉得轻松，但又坚决不想承认，其实好像又少了点什么。

几个月之后，顾少提出离婚，毕竟只是演一出戏。

顾少给了栗子两万块钱，说好的酬劳。

栗子没接，笑着说，就算离婚，也得走正规流程。

顾少呆住，你什么意思？

栗子微笑，我查了一下婚姻法，离婚，你应该分我一半财产。

顾少愣住。

栗子的家人又过来闹，住在家里不走，话说得很难听，你以为结婚离婚是过家家吗？我女儿是黄花闺女，你玷污了她的清白，让她以后怎么嫁人？

顾少不厌其烦，最后终于和栗子还有栗子的家人达成一致，赔给人家十二万，几乎是顾少的全部积蓄，办了离婚手续，这事儿才算是了了。

这个惨烈的故事，只有我们几个好朋友知道，顾少嘱咐我们，尤其不能让黑妞知道，我们都守口如瓶。

经过这番折腾，顾少整个人消沉了很多，变得寡言少语，总是一个人发呆。

我们都很无语，大概顾少用实际行动证明了，什么叫不作死就不会死吧。

我看不下去了。

顾少整天喝得醉醺醺的，一宿一宿地宿醉，眼看着就要把自己玩坏了。

男人的抗挫折能力其实并没有他们宣称的那么强。

晚上，下着雨，顾少又喝多了，跌跌撞撞地出来打车，没有司机接单，马路上，车灯一晃，顾少脚下一滑，跌倒在地上，终于忍不住号啕大哭。

眼前，出现了一双高跟鞋，顾少抬起头，从不穿裙子的黑妞穿着裙子，站在雨中，没打伞。

顾少愣了一会儿，突然一把抱住了黑妞的腿，像个孩子似的，哭个没完。

黑妞任由他哭了一会儿，突然蹲下，伸出手，开始挠顾少的痒痒。

顾少反抗，两个人滚落在雨水中，顾少的哭声慢慢变成了笑声。

路过的汽车，司机们探出头来，莫名其妙地看着一对滚落在雨水中的男女，其中一个司机忍不住嘲笑了一句，现在的年轻人都有毛病吧。

顾少不敢提出复合，黑妞却主动开了口，如果你想要跟我和好，可以，我给你一个机会。

顾少又惊又喜，真的？

黑妞冷笑，真的，我给你一个追求我的机会，三个月之内，如果你能追上我，我就跟你和好。

顾少深吸一口气，行！

顾少拿出了当初逼迫黑妞分手的脑力和毅力，开始重新追求黑妞。

黑妞则不断挑战顾少的极限。

两个人生生把一段恋情，演绎成了集动作、悬疑、暴力、色情、伦理于一体的电影。

冤家路窄，奇葩少见，所以拜托你们还是彼此相爱吧，因为除了对方，你们再也找不到更适合自己的那朵奇葩了。

08

少年，我先爱为敬

　　硬糖的女朋友王婷，拥有一个平凡普通的名字，这样的名字在偶像剧里，甚至做不了女主角，但硬糖怎么也想不到，这个拥有平凡名字的女孩，会折磨他整个青春。

　　"孽缘啊。"硬糖感慨万千地说。

　　硬糖追求王婷的时候，无所不用其极，但偏偏同期出现了一个篮球校队的强大对手，外号就叫鲨鱼，凭借一米八二的身高优势，吸粉无数。

　　身高一米七的硬糖在鲨鱼面前，如同小孩。

　　两个人竞争激烈，先后比拼过多个项目，例如谁送的礼物更贴心，谁的楼下表白更惹宿管阿姨生气。

　　最后的决战发生在一次五一节后，鲨鱼终于按捺不住，用了卑鄙的招数——在食堂强吻了王婷。

　　王婷被亲蒙了。

　　而正在一旁虎视眈眈，吃我们宿舍老五带回来的德州扒鸡的硬糖，见证了全程。

　　是可忍孰不可忍，硬糖当即爆发，冲过去也要强吻王婷。

　　高手之争，胜负在一丝一毫之间，硬糖绝对不能落后。

　　鲨鱼当然不肯，按住硬糖。硬糖充分发挥了自己脖子长的优势，拼命凑过去，把王婷的嘴唇当成靶心。

情急之下，鲨鱼也凑上去要占领王婷的嘴唇，又被硬糖死死按住，两张努起来的嘴唇争先恐后地逼向王婷。

王婷从小到大哪见过这个阵势，一脸蒙，整个人像被按了暂停键。

令人意想不到的一幕发生了，关键时刻，硬糖腹中突然热气奔涌，放了一个绵长的屁，鲨鱼当即被熏得失了力气。

王婷看着硬糖油乎乎的嘴亲上来，近乎窒息，随即终于反应过来，给了硬糖一个响亮的耳光。

"你怎么跟你未来的孩子说，我赢得你妈是靠一个屁呢？"

虽然赢得不光彩，但从此以后，王婷大概是认为硬糖的嘴唇更适合自己，从此成为硬糖的正牌女友。

在面对爱情的时候，硬糖显示出了自己的本性，近乎疯狂而不计后果，他带着王婷把恩爱秀遍了烟台的几乎每一个角落。

年轻好奇身体好，硬糖献完血之后，和我打了一场篮球，然后约了各自的女朋友去唱歌直到凌晨，早上去海边看日出，然后去小旅馆温存一个上午，直到逼近十二点，阿姨气急败坏地敲门，我们才匆匆退房离开。

现在想起，忍不住感叹，小伙子睡凉炕，全靠火力壮。

年少的爱情，灿烂热烈，而又天妒英才一般地短命。

王婷突然间的变心，让硬糖无所适从。

王婷坦白地告诉硬糖："我爱上别人了。"

硬糖愣了一会儿："别人是谁？"

王婷说："你别问了。"

硬糖急了："你有爱上别人的权利，可我也有知道你爱上谁的权利吧。"

王婷很为难，但还是告诉了硬糖："是我的辅导员。"

硬糖如被雷击，气得浑身发抖："还给我整师生恋。"

硬糖想要挽回，试图努力让王婷相信：只有我是爱你的，别人即使爱你，也是暂时的。

但王婷显然沉浸在新世界里，享受着辅导员因为年长而赋予的成熟的魅力，以及"师生恋"的隐秘刺激，正在努力把硬糖这一页翻过去。

为了安慰硬糖，我陪他去网吧刷夜。半夜，硬糖突然"砰"的一声，把键盘在膝盖上磕成了两半，我吓了一跳，凑过去看屏幕，还以为他是想不开玩起了劲舞团。

仔细一看却不是，屏幕上是用花体字写的一句话："我是爱你的，你是自由的。"

再一看，搜索框里正在搜索的问题是：失恋之后怎么办？

我看着硬糖，硬糖双眼无神："这句话简直是放屁，但真有道理！"

安慰一个失恋的人，是一件风险极大的事情。

怕刺激硬糖，我每次和小不点通电话都小心翼翼，搞得像偷情一样。

但出乎意料的是，硬糖很快找到了他发泄的方法。

作为学校领导器重的人才，硬糖得到的新任务是办一份校报。

校报里大致的栏目就是学校见闻，访问一些做出成绩的优秀学生，偶尔发点社论之类的。

硬糖充分发挥了他失恋之后的悲伤特性，把每一个栏目都变成了倾诉自己痛苦的渠道。

连社论都写得柔情蜜意，聚焦情感，完全罔顾一个办报人应该客观中立的操守，把自己浓烈的个人情感注入每一个字里。

学校领导开始几次都忍了，直到看到一篇名叫"校园恋情中出轨爱上自己的辅导员是不是犯罪"的社论，终于爆发了，直接把硬糖撸了下来。

硬糖失去了发泄渠道，难受了好几天，却收获了一个意想不到的"好处"。

硬糖充满柔情蜜意的文字折服了一个女孩。

女孩的名字叫凤梨，比硬糖小一届，大概是从来没见过有人能把校报办成言情杂志，对硬糖倾慕不已。

"特立独行的人，往往具有致命的吸引力，女孩这种生物，天生的飞蛾，不扑火都难受。"

凤梨后来意味深长地说了这句话。

凤梨加入了硬糖所在的文学社，每天都以一种"我爱你我崇拜你"的眼神审视着硬糖，搞得凤梨想泡硬糖这件事，路人皆知。

硬糖没想到凤梨比自己还狠，还没从失恋阴影中走出来的硬糖竟然有点招架不住。

一次文学社组织活动，结束很晚，凤梨用自己独有的气场无形中逼走了所有人，只剩下她和硬糖。

硬糖只好用自行车载凤梨回学校，眼看着宿舍就要关门，硬糖加快了速度。

凤梨心想：大好机会，这样浪费了可不行。

一咬牙，故意把自己新买的裙子塞进了车轮里。

自行车猛地一紧，两个人连人带车飞了出去。

硬糖花了半个多小时才把凤梨的裙子从车轮里择出来。看着已经绞碎的裙子，凤梨笑得很大声，还给硬糖表演了一支草裙舞。

宿舍肯定是关门了，硬糖还想着能不能央求一下宿管阿姨给开门，凤梨却斩钉截铁地说："不回去了，去蜗居。"

硬糖以为自己听错了，凤梨却甩着自己沾满油污后绞碎的裙子，大步往前走，光洁的大腿在路灯下晃着硬糖的眼睛。

当天晚上，两个人在一间房间里，凤梨脑海中设计了八百万种引诱硬糖的方法，但事到临头却发现一切都是纸上谈兵，自己紧张得不知所措。

而硬糖心事更重，全程充满防备，生怕自己把持不住，败坏了爱情的名声。

最终，还是凤梨采取了行动，主动钻进了硬糖怀里。两个人倾听彼此的呼吸和心跳，充满着年轻躁动不安的旋律。

直到敲门声响起，硬糖接过同一个阿姨送来的吹风机，不可避免地想起了王婷，心碎的声音震颤了整个房间，连凤梨也听见了。

就在小旅馆廉价且充满噪声但灯光还算柔软的氛围下，硬糖向凤梨讲述了自己和王婷的过往。

"我不能接受你，因为我心里还有一个人。"

凤梨听完，没有说话，把硬糖抱在怀里，母性大发。

而凤梨接下来的几句话，却又让硬糖觉得惊心动魄。

"没事，我还年轻，我有的是耐心。我早晚弄死你心里那个人。"

当天晚上，两个人和衣而卧，凤梨枕麻了硬糖的胳膊，硬糖却自始至终都没有把胳膊抽出来。

两个人一整夜都没有睡着，各怀心事。

就这样痴缠了一年，直到毕业来袭。

我们有三条路可以选：考研，考公务员，校园招聘。

小不点去了国外；我选择了怀揣着梦想参加工作；王婷也和辅导员分手了，去了大城市，开始新的生活，听说还交了新的男朋友。

而硬糖的决定却让我们大吃一惊。

"我要去新疆，支教两年。"

我们当然不理解："知道你心系苍生，有维护世界和平的想法，但是去新疆，一待就是两年，你要考虑清楚。"

硬糖说："我做事从来都不考虑后果，只听从自己的内心。"

等我们要骂他的时候，他又补充："我真想去，其实就是为了散散心。"

我们恍然大悟，他这样做，多少有些逃避的意思：逃避和王婷有关的回忆，逃避凤梨紧锣密鼓的追求。

但是一定要跑到新疆那么远吗？

我找到凤梨，组了个局，希望凤梨劝劝硬糖，考虑清楚。

凤梨一开口，大家都傻眼了："去吧，我支持你。"

硬糖感激地看着凤梨。

凤梨说："你去两年，我就等你两年。中间我会去看你的，我查了，从烟台到新疆，K字打头的火车42个小时3分钟，然后坐汽车到你那里，两个小时。我会把每次去看你的火车票攒着，有一天你要是娶我，我就把火车票裱起来挂在我们的卧室，每天早上都提醒你，我有多爱你。你要是不娶我，我就把火车票裱起来，挂在我的卧室，每天早上提醒我自己，我有多爱你。"

凤梨说得理直气壮而又斩钉截铁，我忍不住鼓掌。硬糖忍着眼泪，再一次吐露了心声："对不起啊，我也想接受你，但我接受不了，我心里有人。"

凤梨笑得很宽容："你心里有别人，我心里有你，别人走远了，我还在你身边蹦跶，谈恋爱这种事，拼的就是谁比谁撑得久。"

当天晚上，大家喝酒，凤梨和硬糖都喝醉了，两个人凑在树底下你吐一口，我吐一口，像是在谈情说爱。

硬糖去坐火车，我们去送行，凤梨没来，硬糖依依不舍地上车，一步三回头。

我们往回走的时候，看到凤梨靠在柱子背后，脸上明显有泪痕，却硬撑出一脸无所谓的样子，说了一嘴："唉，我就是怕他舍不得，我不愿意看他哭哭啼啼。"

那是我第一次看到向来乐观的凤梨掉眼泪，我很想有一天让硬糖告诉我，凤梨的眼泪是不是凤梨汁味儿的。

硬糖去了新疆，凤梨去了济南，我去了上海，小不点去了国外，大家四散各地，天涯几端。

在新疆戈壁的日子，赶上断网，日子不好过，除了看风吹石头走，几乎没有什么娱乐活动。

硬糖用随身带着的卡片机，拍了许多风景照，很久之后网络恢复，传给我们看，颇有大师之感。

凤梨坐42个小时火车，2个小时汽车，去看硬糖，风尘仆仆。

见到硬糖之前，她特意掏出镜子来补了妆，但美丽的笑容挂在憔悴的脸上，谁看了都心疼。

凤梨一到了硬糖的宿舍，就俨然一副女主人的架势，连硬糖室友的衣服都给洗了，搞得室友受宠若惊，早出晚归，生怕破坏了凤梨和硬糖来之不易的温存。

凤梨不习惯旱厕，几天不上厕所，但又不想跟硬糖说，怕硬糖觉得自己吃不了苦。

硬糖看出来了，就给凤梨修了一个专属厕所，四周用塑料泡沫板遮起来，在戈壁滩上，多少有些突兀。

凤梨感动得不行，一天跑了七八趟。

"哪个男人能送给你一间专属厕所呢？多浪漫。"

凤梨炫耀地告诉朋友们，一脸骄傲。

晚上睡觉，实在没有办法，凤梨就在硬糖和室友之间拉了一道帘子，和硬糖睡在一张床上，就像当初在蜗居一样。

室友贴心而及时地打起了呼噜，生怕他们听不见。

仍旧什么也没有发生。

我们恨铁不成钢啊，让硬糖下次一定要动手。硬糖说："虽然我也是男人，也憋得慌，但人家千里迢迢来看你，你不给人家一个爱情的名分就想干别的，真的下不了手。"

我们感叹，像每一个前任一样，虽然王婷已经离开了硬糖，却阴魂不散地缠绕在硬糖的心眼里。

凤梨第四次来看硬糖的时候，硬糖接到了王婷的电话，王婷在电话里哭得气喘吁吁："我在丽江，我很难受，我想见你。"

硬糖挂了电话，陷入了纠结。

而凤梨神秘的第六感发作，问了几句，便让硬糖和盘托出。

凤梨当即打开手机，替硬糖买了票："想去就去吧。"

硬糖心里一紧。

到了丽江，见了王婷，王婷没怎么变，在硬糖眼里，还是个小女孩。

王婷失了恋，受了伤，缓不过来，来丽江散心，大概是看到情侣遍地，触景生情，不合时宜地想起了硬糖。

当天晚上，王婷喝了很多，说了这一年自己的遭遇，声泪俱下。

硬糖把不省人事的王婷送回酒店，王婷全身发烫地缠着硬糖的脖子，给了硬糖一连串劈头盖脸的吻。

硬糖多年的思念被引爆，就像是沉默许久的活火山，很快到了喷发的边缘。

♥ 我先爱为敬

但在最后一刻，他莫名地想起了凤梨经过42小时火车、2小时汽车奔波之后，憔悴而又带着微笑的脸。

他瞬间冷静了，重新开了一间房，躺在床上，一夜无眠。

"真奇怪啊，自己日思夜想的人就在隔壁，而此刻我却思念着另外一个人。"

结束了丽江之行，硬糖送王婷去火车站，王婷给了硬糖一个拥抱，依旧没有结果。

硬糖明白，对于王婷来说，这一次见面只是一次度假。

这让他心碎，但心好像又没有那么疼了。

王婷走后，硬糖买了回程的车票，在人流汹涌的检票口，远远地看见一身红衣服的凤梨跳起来喊他。

两个人错开人流，冲向对方，来了一个如同彗星与木星相撞的拥抱。

凤梨告诉硬糖："鬼使神差地，我就想跟着你来丽江，但又不想让你觉得我跟踪你，我只能在火车站的检票口等，原本以为要等很久，没想到只等了四天。"

硬糖百感交集，抱了凤梨。凤梨说："我这几天都吃不下饭，见到你突然就饿了，想吃火车站味儿的泡面。"

此后的日子，凤梨继续奔波在铁路上，去看望硬糖，给硬糖带特产、带吃的，更重要的是带思念。

家里人终于还是知道了，激烈反对，跟凤梨拍了桌子。

凤梨跳上了桌子，情绪少有地失控："这是我一辈子的幸福，谁拦我谁就是把我往火坑里推！我除了敢爱，没有别的本事。我告诉你们，我这么玩命，一定能赢！"

从此，家人再没有提过反对意见，只能保持不支持也不反对的态度。

两年之后，硬糖支教结束，考了一次公务员，虽说两年的支教经历能让硬糖的成绩加十分，但硬糖并不擅长答题，还是落败。

硬糖多少有些消沉，凤梨就把硬糖生拉硬拽地叫到了济南，让硬糖住进自己早就租好的房子里。

硬糖看着颇具规模的一室一厅，呆呆地说不出话。

凤梨说："你别怕，我们分床睡。"

硬糖忍不住笑出声来，凤梨也跟着笑。

不知道怎么了，两个人越笑越大声，笑得东倒西歪，瘫软在地上，眼泪都流了出来。

硬糖同时做着几份工作，一个信念支撑着他，要努力赚钱。

终于，他觉得时机成熟，向凤梨求婚了。

凤梨松了一口气："我终于等到这一天了。"

为了能给凤梨一个记忆深刻的婚礼，硬糖绞尽脑汁。

单单是为了符合凤梨家乡的风俗，硬糖就如临大敌，婚礼宾客的座次表硬糖甚至动用了Excel表格。

婚礼前一天晚上，硬糖叫上我们几个朋友，把新娘家到新郎家一路上所有的古力盖都贴上红纸，一直贴到凌晨四点，贴了整整一宿。

我们精疲力竭，为什么马路上要有那么多古力盖，造孽啊！

婚礼现场，最显眼的就是裱起来的密密麻麻的火车票，烟台到乌鲁木齐，K字打头的火车，42小时3分钟，见证着这么多年以来，两个人的点点滴滴，像一封又一封情书。

硬糖舍命地亲了凤梨。

我们都努力地鼓起掌来。

今年，硬糖的女儿出生，我们都在微信群里发红包祝贺。过了很久，王婷也发了一个红包，红包说明是："祝你幸福，由衷地。"

硬糖抢了红包，又发了一张女儿的照片，女儿笑得春风化雨。

你我都生活在平凡里，有时候得不到，有时候舍不得。

爱情里难免悲欢离合，有人被击垮了，有人妥协将就了，世俗生活开始给爱情设定考量标准，有没有钱，有没有房，舒服不舒服，容易不容易。

谁说爱情就一定是一件容易的事？

爱情如此热情绚烂，滚烫美好，麻烦一点怎么了？难道不值得我等凡人为之揪心扯肺？有了情啊爱啊，给个神仙也不换啊。

爱不爱，敢不敢爱，是我们在一段感情里，唯一要回答的问题。

希望你我都做个敢爱的人，不辜负年轻，不辜负爱情，互为奖赏，奖赏我们为了心爱的人疯狂一把的行为。

互为救赎，救赎我们于乏善可陈而又平淡无奇的生活之中。

少年，我先爱了，你且随意。

09

老蜜：一个没有爱就活不了的姑娘

再一次见到老蜜，已经是八个月之后了。

老蜜风尘仆仆地坐在我面前，脸和脖子一样黑，嘴唇干裂，头发凌乱，让人混乱了性别。

她那条叫Nancy的雪纳瑞扑过去，舔湿了老蜜的脸。

我问她，走完了？

老蜜点头。

我问，这一次又在哪里留疤了？

老蜜随即兴冲冲地给我展示散落在她小腿上、胳膊上、肩膀上的疤痕，像是展示某种战利品：

这儿人多不方便，回头我给你看看我屁股上那个疤，还新鲜着呢。说出来你可能不信，这次我真是够倒霉的。我不是在路上搭车吗？结果等半天，来了个拖拉机，司机大哥很实在，我舰着脸求他让我开开试试。结果你猜怎么着？水箱爆锅了，吓了我一跳，我不小心一屁股坐了上去，紧接着就闻到了烤肉香，那种感觉，我不知道怎么跟你形容，又疼，又正好饿得想吃自己。

我听得目瞪口呆。

我想人们或许会想要认识这个致力于收集疤痕的女孩。

我和老蜜是青梅竹马。

从小一块儿长大，小时候一起光着屁股泡过澡，见过彼此还没发育之前的样子，知道对方所有的糗事。

过分熟悉也直接导致我俩失去了异性之间的吸引。

虽然双方父母一度希望我们俩能在一块儿，但被我俩一致严词拒绝了。

我俩要是在一起，的的确确有一种乱伦的感觉。

毕竟有些人，天生只能做好朋友。

老蜜身上每一道疤都有故事，她是一个特别容易把自己弄伤的女孩。

那时候我们俩一起看播了两季就被砍掉的美剧Hero。里面有个叫克莱尔的女孩，被开膛破肚之后，还能自行愈合。

看得老蜜心驰神往，这超能力嘿，绝了。要是搁我身上该有多好！我还怕什么？我高唱着"死不了"天天找死去。

我说，你那是有病。

老蜜从小跟我们这帮男孩一起玩，沾染了许多我们不好的习气。

小时候，我们比谁尿得远，她就在旁边拿着她爹的老胶片机给我们拍照。

这些照片成为我们这帮男孩的黑历史，也直接确定了老蜜在我们之间的领导地位——毕竟识时务者为俊杰，没有必要惹一个手里掌握着你黑历史的女人。

老蜜张罗着约饭，我因为加班迟到了。

到了的时候，四张、九饼、米饭早就到了。

老蜜见到我，电光石火之间，给我来了个"猴子偷桃"。

全场愕然。

猴子偷桃，原本是专属于男孩之间打招呼的方式。

类似中国人见面问"你吃了没有"，英国人彼此谈论天气。

所谓猴子偷桃，是一连串难度系数极高的动作集合：

年轻的男孩们见面，不握手，不拍肩膀，不说"hey man"，而是以迅雷不及掩耳之势，猛地伸出手，掏向对方胯间，擒住对方的小弟弟，拉拉扯扯捏两把。如果高手相遇，两个人的速度几乎没有差别，互相握住对方，权当是握手。

原本这个打招呼的方式名字叫"掏蛋"，但我们嫌弃不雅，就改成了

"猴子偷桃"。

但不幸的是，这个动作，被老蜜学会了。

我只好义正词严地告诉老蜜，以后请不要对我使用这招，至少不要当众使用。我以后也是要当爹的男人，你弄坏了真赔不起。

老蜜就和大家一起哈哈大笑。

瞧见了吧。

跟我们厮混的坏处就是性别模糊。

这种性别模糊除了体现在猴子偷桃上，还体现在老蜜的身体发育上。

老蜜比同龄女孩发育得都晚。

人家女孩子的胸脯都像雨后春笋一样耸了起来，男孩们开始背诗歌颂这一奇妙的现象：小荷才露尖尖角，早有蜻蜓立上头。

但老蜜仍旧是一马平川。

一直到上了大学，老蜜的胸脯才有起色，但发育得更好的是，老蜜的体育细胞。

老蜜腿很长，跑起步来，虎虎生风，小腿健硕，打架也不含糊——据说打哭过自己班里的班长。

老蜜骄傲地说，你看，我要是像其他女孩一样，我就跑不快了，胸大是便宜了男人，折腾了自己。所以，平胸，才是合理的。

我不置可否，看不出来，你倒是个乐观主义者。

乐观主义者老蜜，在大学里，终于情窦初开了。

她喜欢上了一个戴眼镜的四眼仔。

四眼仔是文学社的社长，长得很秀气，会写几句酸诗，上过校报，还会弹吉他，没事儿就坐在草坪上给女孩们唱歌，而且篮球也打得不错。

老蜜报名了文学社，求教文学问题。

四眼仔打球的时候，老蜜给他送饮料。

四眼仔弹吉他的时候，老蜜给他喷花露水。

四眼仔也没拒绝，甚至有一次，让老蜜挽了他的胳膊。

经过长时间的观察、暗示，老蜜觉得有戏，准备找个时间正式确立关系。

结果，没过几天，就看见四眼仔骑着自行车，载着文学社一个娇小的女生。

女生搂着四眼仔的腰，趾高气扬地在校园里迎风撒浪。

老蜜哪受得了这个？她拿出最后一百米冲刺的速度，杀将过去，飞身而起，一脚踹在了自行车的车轮子上。四眼仔和女生以几乎不可能的姿势，飞进了草丛里，蒙了。

老蜜顾不上自己小腿上被自行车链子划破的伤口正在鲜血淋漓，扑上去，揪住四眼仔的领子，跟四眼仔表白："这么说吧，我一直喜欢你，你跟我好吧。你要是不跟我好，又跟别人好了，我可能忍不住天天揍你。你也知道，我搞体育的，挺能打的。"

四眼仔和娇小女生面面相觑。

三十秒之后，四眼仔终于反应过来，拉着女生就跑。

老蜜愣在原地，这才感觉到小腿疼。

从那以后，四眼仔见到老蜜就躲着走，有了活动也不通知老蜜。

老蜜难过了好长一段时间，跟我说，我还在小卖部存了一箱冰镇可乐，还有一瓶花露水，以后我给谁去啊我？

我无奈，你表白就表白啊，干吗非要威胁人家啊？你黑社会吗？

老蜜一脸无辜，打是疼，骂是爱。再说了，我就那么随口一说，这是一种修辞，亏他还是文学社的社长呢，什么都不懂。

我无语。

就这样，老蜜的小腿上，一直留着那道疤。

老蜜说，这不是疤，这是我第一次冒出头就被弄死的情窦。

到了大二，老蜜又有了新的机缘。

她背着所有人，偷偷去见一个在网上认识的社会青年，并为之痴迷，认为找到了灵魂伴侣。

她买了票，带着学校门口的烤冷面，风尘仆仆地去了上海。

那是个下雨天，老蜜想象中韩剧里的浪漫场景并没有发生，倒是一下车就被淋成了落汤老蜜。

社会青年来接她。

她跟着社会青年，到了人家租的房子。

吃完了饭，社会青年说，周围的酒店都满了，你要是不嫌弃，就睡这里吧，你别怕，我睡地板，打个地铺，咱聊聊天。

老蜜没想那么多，就答应了。

晚上，社会青年和老蜜喝红酒，吃烤冷面，聊了很多，这更让老蜜确信，自己找到了灵魂伴侣。

一直聊到后半夜，老蜜睡着了，迷迷糊糊地感觉有人在解自己睡裤的带子，但老蜜睡衣被她自己系成了死结，一时半会儿解不开。

老蜜睁开眼睛，拍亮台灯，看着社会青年，愣了好一会儿，才问，你干吗？

社会青年临危不乱，也不说话，整个人就压上来。

老蜜屈起膝盖，顶住社会青年的肚子，你干啥玩意儿？

社会青年话都说不利索了：我觉得你好看。

说着嘴就凑上来，要亲老蜜，同时手还在不停地解老蜜的裤带。

老蜜终于反应过来，急中生智，再一次同比例施展了"猴子偷桃"的绝技，瞬间加力做功。

社会青年疼得脸都紫了，惨叫都发不出来，一口就咬在了老蜜的胳膊上。

老蜜吃疼，手里忍不住加力。

僵持。

你先松嘴！

社会青年疼得终于先行放弃，捂着裆，蜷缩在床上，气若游丝。

老蜜气急败坏地穿衣服，我来是跟你灵魂交流的，你怎么还想睡我啊？你给我爱了吗你就睡我？

老蜜摔门而去。

大半夜，坐在火车站，看着自己胳膊上青紫的咬痕，老蜜气得说不出话。

她都不知道自己是怎么回到学校的。

事后，老蜜才告诉我。我骂老蜜傻，多危险啊，人家强奸你怎么办？

老蜜叹息，就算要强奸，也是我强奸别人，别人强奸不了我。我就是觉得，你们男人啊，真是动物。

嘿，你别以偏概全啊。这事儿你也有责任，你不声不响地跑过去见网友，晚上睡人家家里，你这不找睡吗？

老蜜摇头，睡可以睡，但前提是我得愿意啊。你们不能硬来吧？动物还得求偶呢。

老蜜伤了心，胳膊上也留了疤。

老蜜自嘲，你说，我是不是天生就有这种遇上浑蛋的体质啊？

我想了想，说，你可以去看一部电影，叫《被嫌弃的松子的一生》，或许你能找到共鸣。

老蜜看了以后，直摇头，我才不做逆来顺受的女人。你活着就得遇上事儿。你遇上事儿了，遇上浑蛋了，忍受算怎么回事儿？你反抗啊！

来来来，你摸摸，你摸摸。

我愣了，摸哪儿啊？

老蜜伸过来自己的后脑勺儿，你摸摸我后脑勺儿上的反骨，这就是我的性格啊。

我摸了摸，嗯，老蜜的后脑勺儿上，确实硬邦邦地凸出来一块。

大学毕业后，老蜜陆陆续续地展开过一些恋情，有的善始没有善终，有的近乎狗血，有的胎死腹中。

但好在，老蜜内心强大到变态，完全没有那种"爱不动"的困惑，她的爱就像是南水北调的某一个水龙头一样，你随时拧开，随时有水流出来，而且每一次都是滚烫的。

她也不想将就，没达到她的要求，她绝对不肯轻易开始一段恋爱。

虽然总是受伤，但老蜜从来没有停止过寻找真爱。

我说，实在遇不到，就算了吧，缓缓，等爱来找你算了。

老蜜打断我，燕雀安知鸿鹄之志哉？我是谁啊？我是个姑娘，一个姑娘就应该在年少如花的时候，被一个男人玩了命地爱着。我就是那种没有爱，一天都活不下去的姑娘。

说着，她指了指旁边的盆栽，就像这盆花，你得天天拿水浇它。我这朵花，得拿爱来浇。不然我会枯萎的。

我说，那你就找个深爱你的，至少不会这么辛苦啦。

老蜜摇头，你吃一顿饭将就，你每一顿饭都能将就吗？爱这个东西你能将就吗？你给花浇刷锅水，浇脏水，它会死的。

我无法反驳。

大学毕业后的第四年，老蜜正式宣布，自己开始了新的感情。

她带着男朋友唐力，来参加我们的聚会。

唐力很礼貌，长相帅气，举止也很得体。

聚会完了，我们私下里都赞不绝口，一致认为，说不定这下老蜜真的找到了她口口声声说的真爱。

后来，老蜜告诉我们，她对唐力的第一印象就很好。

唐力刚和老蜜认识的时候，晚上吃了饭，看了电影，天南海北地聊了一晚上，后来老蜜觉得吃顶了，胃不太舒服，就提前结束了约会。

唐力坚持打车送她回家。

一天平平淡淡地结束了。

等到老蜜洗完澡要睡觉的时候，手机突然响了。

接起来，是唐力。唐力说，刚才你不是说胃不舒服吗？我给你买了奶茶，还有药，你下来拿一下吧。

突然而来的幸福感，让老蜜一下子兴奋起来，刚要出门才惊觉自己已经卸了妆，赶紧抹了抹粉底，踩着拖鞋跑出去。

唐力站在一辆豪车前，手里举着一杯热气腾腾的奶茶，还有一包药。

老蜜说，接过奶茶的刹那，我感受到了一股强烈的被爱的感觉。

我惊叹，原来炫富也是有技巧的，这个炫富方式可比晒手表、晒车钥匙和方向盘格调高多了。

♥ 我先爱为敬

老蜜瞪着我说，庸俗！你这是嫉妒。因为自己不如别人而产生的嫉妒，典型的羡慕嫉妒恨心态。

我赶紧讨饶，好好好，你喜欢最重要。但我的建议是，这一次，你爱的水龙头拧小点，慢慢给，别一下子都给出来了，悠着点。

老蜜不以为然，你知道什么？人生贵快意啊。好不容易遇上了，我当然要全身心都给出去啊，以真心才能换来真心。

出乎我的意料，这一次，老蜜和唐力发展势头非常迅猛。

唐力出手阔绰，常给老蜜送礼物。

给了，老蜜就收着。

朋友们也不好说什么，老蜜看懂了大家的眼神，你们是不是想说我拜金？我告诉你们，你们必须把这个观念扭转过来，我拿的是礼物吗？我拿的是爱。墨镜、手链、口红，还有给Nancy买的玩具、自动喂食器，这些都是爱的实体，爱的结晶。女人拿她男人的礼物，理所当然。

我当即表示同意，并且试图劝说老蜜参加辩论比赛，因为她有了某种诡辩气场，让人无力反驳。

说实话，虽然我总是让老蜜悠着点，但对于老蜜终于遇上了真心实意对她好的男人，我还是由衷地感到欣慰，并迫不及待地想要看看，等老蜜嫁做人妇之后，会是什么样。

老蜜很快打电话给我，让我帮她搬家。

我一愣，好端端的，你搬什么家？哎？你要搬到哪里去？

老蜜轻描淡写，我搬到天鹅湾。

天鹅湾？我惊了，房租8000元起，你有钱了啊？

老蜜说，他租的，说给我们住。以后，这就是我们的爱巢了。

我故意开玩笑，这个富二代还是有一套的，算下来，还是比酒店开房便宜。

滚！

老蜜带着Nancy，住进了高档社区天鹅湾。

房子是个一居室，但面积还不小。

第一个周末，老蜜请我们开大party。

不得不说，在爱的滋养下，老蜜这朵糙花确实娇艳了不少。

老蜜告诉我们，唐力对我不错，对我的狗也很好。前几天，Nancy得了狗瘟，唐力睡不着吃不下，天天抱着狗去宠物医院。多有爱的一个男人啊。

喝完了酒，老蜜也吐槽，唐力哪里都好，可就有一点让人受不了。
怎么了呢？
老蜜叹了口气，他是个妈宝。
在老蜜的诉说中，我们听明白了。

刚搬进来的时候，老蜜在天鹅湾收拾屋子。
突然有人敲门。
老蜜开门，门口是个很贵气的中年女人，看起来很年轻，手里还拎着水果，她说，我是唐力的妈妈，他跟我说他搬出来和你住了，我来看看你。
老蜜吓惨了，赶紧邀请唐妈妈进来，端茶递水，如临大敌。

唐妈妈很和善，也没说其他的，就和老蜜有的没的聊了一会儿，请老蜜吃了顿饭。
老蜜送走了唐妈妈，心里一块石头落地：似乎未来的婆婆对我印象不错。
给唐力打电话，你怎么也不提前跟我说一声？
唐力说，我妈就这样，没事，你们不是交流得挺好吗？
这倒也是。老蜜放了心。

但随即，老蜜就发现，唐力不论遇到什么事情，第一件事，永远是先问他妈的意见。
就连吃个感冒药，都要征询母亲的意见。

还有一次，唐力去国外出差，说好了周末回来，老蜜翘首以盼。
结果唐力快要登机了，才想起来，他妈让他买一个当地特色的钥匙扣。
唐力一看时间来不及了，就把机票改签了，多待了一天。
老蜜说，你们能想象吗？说改签就改签，还只是为了一个钥匙扣。虽然我也知道，男人对妈妈好是孝顺，但不知怎的，心里总觉得有点不是滋味。

♥ 我先爱为敬

我说，你这就提前和婆婆争宠了吗？

我们劝老蜜，这些都是小事，既然唐力对他妈好，那你更应该在他妈面前好好表现啊。擒贼先擒王，话糙理不糙。

老蜜深以为然。

一个月后的一天晚上，老蜜突然给我打电话，那是这么多年，我第一次听见老蜜在电话里哭。

一个几乎不哭的女人，突然大半夜在电话里哭，一定是出了大事。

我赶紧杀到天鹅湾。

门开着，老蜜瘫坐在地上，Nancy到处乱跑。

我问老蜜，出什么事了？

老蜜说，他的东西都不见了。

啊？

像往常一样，老蜜下班回来，还买了菜，回家一看，家里所有唐力的东西都不见了。

老蜜慌了神，打电话给唐力。

唐力在电话里说，你先睡吧，明天我再和你说。

老蜜能忍吗？当即飙了脏话，你现在、立刻、马上就给我说清楚！

唐力只好说了实话，你也别生气，事情是这样的，我妈不太喜欢你，不希望我们在一起。我想我们还是先分开一段时间吧。不过你放心，今年的房租我都给你付完了。

唐力说完，就迫不及待地挂了电话。

老蜜哭笑不得。

我听完也蒙了，只好安慰她，你也别急，他不是说分开一段时间吗，可能他需要一点时间和他妈交涉。

老蜜似乎也看到了一点希望。

我忍着强烈的睡意，陪了老蜜一晚上。

第二天一早，唐力果然打电话过来。

老蜜捧着手机跳起来，紧张得不知所措，看着我。

我说，你淡定。

老蜜接起来，开了外放，喂？

唐力说，是这样，我有一个不情之请，你能不能把Nancy给我？让它跟我过？你放心，我保证，一定给它最好的狗生。

我和老蜜对角蒙，愣了好一阵。

老蜜率先反应过来，声嘶力竭地骂回去，你去死吧！

她把手机狠狠砸在了地上，跳起来一顿狂踩，踩完了还不过瘾，发了疯一样，抄起什么就摔什么，把唐力送自己的礼物都摔了个遍。

我没拦她，直到看见她手上裂开了一个大口子，滋滋地流着血。

我给老蜜包扎的时候，老蜜没哭，跟我说，你走吧，我一个人待会儿。

我不放心地看着她。

她说，你放心吧，死不了。

我被她推了出去。

过了几天，老蜜喊我去帮她搬家。

她搬回了原来的小区。

房东问，怎么又回来了？不是搬到天鹅湾了吗？

老蜜说，落地的天鹅不如鸡，我回来继续做鸡了。

在房东愕然的目光里，往下搬东西。

我连忙解释，她这就是打个比方，比方。

几天以后，老蜜把Nancy送到我这里来，说，你帮我养一段时间吧。

我感觉不妙，问老蜜，你干吗去？

老蜜说，我太难过了这次，我得出去转转，每个人都有治愈自己的方式，我的方式就是出去作一作，浪一浪。

去哪儿啊你？

我也不知道去哪儿，去人少的地方看看吧。

我这才知道，老蜜把工作辞了，要去旅行。

问题是，她身上也没什么钱。

但老蜜的理论是，没钱可以穷游啊。

老蜜出门的日子，偶尔发个朋友圈。

朋友圈里，是老蜜在各个地方拍的照片。

风沙，晚霞，一条蜿蜒着想要入海的河流。

搬运一个果子的刺猬，九死一生地穿越车流汹涌的马路。

大雨过后，不管不顾冲出云层的太阳，点亮了它经过的一切。

朋友圈里，老蜜发了一段话——

我一个人，就带了一本书，一个人害怕的时候，就大声背诵《在路上》：

生活本身是令人痛苦的，我们必须忍受各种灾难，唯一的渴望就是能够记住那些失落了的幸福和欢乐。我们曾经在生命中拥有这些幸福和欢乐。现在它们只能在死亡中才能重现，尽管我们不愿承认这一点，但谁又愿意去死呢？

还是想想其他的吧，在你前面，黄金般的土地和各种未曾预料的趣事都在那里静静地等待着你，令你大吃一惊，使你因为活着看到这一切而感到快乐，有了这些，你又何必胡思乱想呢？

八个月后，老蜜带着一身伤痕，一脸黑色素，回来了。

她抱着Nancy亲个不停，我问她接下来有什么打算。

老蜜说，我存款全花光了，先找一份工作，养活自己。

然后呢？

然后，继续踏上我的寻爱之旅啊。

看着我愕然的眼神，她又补充道，不然怎么办？死吗？认命吗？妥协将就吗？不能吧。人活着就得爱和被爱嘛。总有一天，我会找到的，一切都是时间问题。

老蜜说这些话的时候，下午的阳光斜射过来，老蜜坐在光里，整个人透着一种说不出来的庄严。

故事总有起承转合，有开始，有结局。

但生活不是故事。

未必是圆满的，也未必有一个我们期待中的结局。

但我想，当一个人努力去寻找她心里某个圣地的时候，生活不忍心辜负她。

地上的麦子，天上的星辰，对面那条街上新开的台湾小面馆，都期待着新的一天。

麦子会被收割，星辰会接受许许多多的许愿，台湾小面馆会顾客迎门，而我们也会迎来自己的应许时刻。

我想，老蜜这样的女孩，不管身上和心里有多少伤疤，只要一陷入爱里面，很快就好了伤疤忘了疼。

这是她的能力。

在爱情里不妥协的人，值得所有见过她，爱过她，被她爱过的人善待。

我也很好奇，像老蜜这样的女孩，什么男人才配得上她呢？

我怀揣着很多美好的愿望，拭目以待。

祝福你，亲爱的老蜜。

现在

孤独的人正在被暗中疼爱

一 我是你回家路上的一盏灯

小区很旧，从大门进来，只有一盏路灯，在深夜里，有些倔强地亮起来，只是为了给她照亮一小段路。

我就是那盏路灯。

我本想着用第三人称，渲染自己的孤独，营造一个温暖的形象，但想了想，还是算了，矫情是病，有话直说好了。

她叫仙贝。

每天都很晚回来。

我曾经听一只萤火虫说过，深夜里在街上游荡的人，心底都有那么一丝孤独。

但我不知道该不该相信一只屁股着火的虫子。不过，从仙贝经过我的时候，若有似无的叹息里，我一厢情愿地确定她是孤独的。

姑娘的孤独，就像是男人的好色一样，总是昭然若揭。

我只是一盏路灯，无法窥见她整个人生，我只在这个时刻，晚上十一点半左右，等她下班回家，在她经过我的时候，不动声色地亮起来。

她甚至都不会发觉我的存在。
更不会发觉我对她的喜欢。
我只是一盏路灯。

但如果没有仙贝，我甚至都不知道自己存在的意义。
有月亮的时候，我甚至会觉得自己多余。
直到一年前，仙贝的出现，给了我存在的意义。
有些姑娘就是这样，好像随身带着一千万种意义，随手赠送给那些在世界上迷失了自己的人或物。

嘘，她回来了。
她脚步声很轻，走得很慢；她穿一件棉绒大衣，头发早上刚刚洗过，飘荡着一股香味。
我心里泛起一些伤感，我称之为在美丽面前迸发出来的美好的伤感。

她要经过我了。
我倾尽全身力量地亮了起来。
她习以为常。
而我却在每一次为她亮起来的时候，都觉得由衷的幸福。
我能理解屁股着火的萤火虫了，你总要为了某种意义亮起来。
仙贝就是我的意义。

她经过我的时候，并没有抬头看我。
而我却仔仔细细地看了她。
我用我的光亮给她照相。

她远去了，她要回家了。
我又可以度过一个美好的夜晚了。

我知道，我的灯丝是有寿命的。
这一点，我和照相机有一些相似。
照相机的快门也有寿命，每记录一次风景，定格一次微笑，都是在燃烧自己。

我不知道我能陪她多久。

但未来什么时候来，管他呢。

只要我还能为她闪亮，我就是幸福的。

仙贝加班到很晚。

她打着哈欠，走在小区里。

小区里，一片漆黑。

她累得没时间思考一些人生的意义。

经过她一直经过的路灯，她猛然停下来，抬头看，那盏原本一直亮着的路灯，不知道怎么回事，今天却没有亮起来。

她站在那里，愕然了好一阵，心里竟然莫名其妙地有一丝酸楚。

突然，一小团光亮在她面前，轻盈地晃荡，她定睛去看，是一只萤火虫，那一小团火，似乎是在指引她回家的方向。

二　嗨，小妞，我是你街角的那间便利店啊

你不知道，昨天，我的摄像头又成功地捕获了一个小偷。你猜怎么着？丫偷我的酸奶！乖乖，塞了满满一裤裆，至于吗嘿，花点钱买点不行吗？再说了，他都给我偷光了，我怎么跟你交代啊？你又不爱喝别的牌子。虽然我觉得你挺矫情，但是吧，姑娘有权利矫情，姑娘就应该矫情。我还挺喜欢你这股矫情劲儿的。大部分人心底的矫情，都被生活给虐没了。

你每一次进来，喜欢在付钱之前，就打开酸奶咬着细管，一阵嘬。

我喜欢听这歌声，那是我平淡生活里的交响乐。

怎么比喻呢，就好像吧，晚高峰你堵着车，气急败坏，突然就看见了，马路对过，一阵狂风吹起了一姑娘的裙子，这春光被你看了个正着，你偷着乐，姑娘她还浑然不觉呢。

你自己都没发现吧？

这个牌子的酸奶，从来没断过货，只要你来，它们准在那儿列队迎接。

其实，你每次付钱的时候，眼睛都往安全套的货架上瞟。

不掩饰，我真有点怕，怕你买那个最大包装的。

我是不是有点自私了啊？

但你要真买了吧，我也不会怪你。

我忒希望你幸福。

那天下雨，你心不在焉地指指点点，选了几样关东煮，挤上了过量的辣椒酱，坐在我的角落里，吃着鱼丸，透过玻璃窗看出去。

我好奇你在看什么，我也跟着你往外看。

马路上车来人往，有情侣在伞底下亲吻，有流浪猫钻进了咖啡馆，有个迷路的人，在冰激凌店的屋檐下躲雨。

要不是你，我都不会注意到这些玩意儿。

要不是你，我怎么会知道这些日常也是风景呢。

嘿，小姐，是收银员让我知道了你的名字，仙贝是吧？

我叫便利店，你可以叫我小便。

笑什么，这是昵称。

但我还是更愿意叫你小姐。

一个人对另一个人的称呼里，藏着层层叠叠的意思呢。

那天晚上，你又来买啤酒。

坐在角落里，自顾自地喝酒。

我什么不知道啊，大晚上的，女孩子一个人喝酒，不是失恋了，就是失恋了。

我太理解了。

不瞒你说，我年轻的时候，也喜欢过另一家便利店。呐，就是街对面那个711。日本来的，有一股熟悉的异域风情。

可我们是竞争关系，我又动不了，只能偷偷喜欢。每天偷偷看着她，借由客人传递思念。

可有一天，我突然发现吧，丫跟"全家"好上了，好上也就算了，两家店还在同样的货架上，摆着同样的婚恋杂志。

恩爱秀了我一脸。

那段时间吧，我也很难熬。
客人来买酒，根本就买不到。
全被我自己喝了。
喝了我就吐，吐了我再喝，喝了我再吐。
店长每天拖地，还以为是我屋顶漏水了呢。
而那个月这里根本就没下雨。

白天晚上，我都醉醺醺的。
24小时营业，我就有24个小时的寂寞要打发。
累挺啊。

直到一个凌晨，两点十六分，你大概是刚从KTV回来，耳朵里戴着耳
机，嘴里哼着歌，来我这里买矿泉水。
我动用了店里所有的摄像头，全方位地摄你，像拍电影。
后来，我不断地回放我第一次见到你的情景。
黑白影像里，我觉得自己是王家卫。
你白色的鞋子上，有一团污迹。
人好看起来，真不讲理，连你鞋子上的污迹都有了一种美。

所以，小妞，我理解你。
你就喝吧，酒我管够，泪你尽情地流。
我以前听一个西北汉子唱过《信天游》，我还记得几句，送给你好了：

> 愿得老天他落大雨哎，郎在妹家住半年。
> 蚂蚁缠住了鸳鸯的脚哎，小妹缠住情哥郎。

你瞧啊，爱情吧，它虽然总是蛮不讲理地结束，但它也毫无道理地开
始啊。

喝够了，回家吧，听话，欢迎再次光临。
明天早上，我这里还有你最爱喝的酸奶。

❤ 我先爱为敬

三 棉外套

我擅长拥抱。

这大概是我为数不多的技能。

我长居衣柜深处，只在北风变冷，冬天来临的时候，才出没。

你是我第一个主人，到目前为止，也是唯一一个。

不是不能选择的人生，就一定是不好的。

我熟悉你身体的每一寸线条，来自一个女人身体的曲折，也折射着这个女人内心深处的秘密。

下雪那天，你穿着我出门，雪落在我身上，就融化了，悄无声息。就如同我对你的爱，我没有向衣柜里其他的裙子和夏装叫嚣。尽管它们可能更接近你的身体，更贴近你的肌肤。

我想，我更像是一场暗恋。

你衣柜里的干燥剂和樟脑球，大概是唯一知道我会伤感的存在。

为你挡过的雨，融化在我身上的雪，最后都变成了我快乐的伤感。

最终，被干燥剂仗义地吸收。

干燥剂说，我知道这些液体不是你的眼泪，但里面竟然有你眼泪的成分。

樟脑球说，虫子最喜欢你，老想着侵害你，不用担心，我来保护你，我刺鼻的味道，是你的香水，也是虫子的警笛。

男人常说，女人如衣服。有人这么说，是因为衣服可以常换常新。有人这么说，却是因为，衣服就是一个无时无刻不在的拥抱。

我更偏爱后一种。

当然，我也会过季，也会过时。

时尚就是我的劲敌。

可能你不知道吧，姑娘，你的冬天，恰恰是我的春天。

你走在雨里，雪里，阳光里，我能破解你的体温，你的气味，你的汗水。

你走进了空调房里，暖气屋里，我会知趣地待在一旁，看着你和朋友们开玩笑，聊八卦。

等你聊完了，我会抱着你，我知道你困了，你睡眼惺忪了，来吧，我抱着你回家。

回到家，你卸妆，洗澡，我听着你浴室里的水声，看着外面又下雪了。

忍不住叹息一声，再下几场雪，就该到春天了。

春天来了。

仙贝检视自己的衣柜，觉得衣服不够穿。

换季了，不如送掉一些衣服，选来选去，选中了自己的棉外套。

时间太久了，褪色了，下一个冬天，要买一件更新潮的。

仙贝这么想着，把棉外套打了个包。

明年冬天，它会有一个新主人。

女朋友减肥简史

我的女朋友叫刘十九。

十九跟我在一起的第二年，在一个早上醒来，惊觉自己穿不上最喜欢的短裙，在踩坏了第四个体重秤之后，十九发誓减肥。

十九减肥的第一阶段，请了私教，制定了严苛的食谱，每天流汗吃草，连油烟味儿都不闻。

实在饿得受不了，就吃炸鸡、火锅，喝啤酒，满足口腹之欲后，再去厕所催吐。时间久了，嗓子眼深处都有个自行用手指催吐留下的窝。

一个月后，十九瘦了六斤，效果不算明显，倒是落下了厌食的毛病。

我带十九看医生，医生建议不要再减肥，至少不要再节食、催吐减肥，否则身体会垮掉。

十九说，身体胖了就已经垮掉了。

医生无言以对。

十九随即求助于代餐酵素，吃许多五颜六色、形状各异、成分存疑的减肥药。

从那天开始，十九开始批量排泄彩虹，马桶拉废了三个。

SONG XIAO JUN · ZUO PIN

因为减肥茶和酵素促进肠胃蠕动，十九肠鸣声传出来，竟也婉转悠扬。只是十九每次出门都心惊胆战，生怕关键时刻找不到厕所，为此不得不随身穿着纸尿裤。

吃了成吨减肥药和酵素之后，减掉了八斤，十九表示欣慰。

我以为十九终于可以停止折腾自己了，十九却突然告诉我，她今天在商场大屏幕上看见了维密走秀，模特儿们高挑入云，自带光芒，走起来路来流光飞雪，个个都跟天使相仿，她觉得她的减肥事业才刚刚开始。

十九决定抽脂。

我百般阻挠，劝说十九，抽脂对身体不好，你已经很瘦了，何必再折磨自己。

十九见我慎重，就说，我跟你开玩笑的。

一个礼拜以后，我在十九两条大腿上各发现一个疤痕，逼问之下，才知道十九还是去抽脂了。

全身麻醉，打完麻药之后，不知死活。

黄色油状液体就是折磨着我的脂肪，我留了一管，做个纪念，提醒自己，脂肪是万恶之源。

十九说完，在我面前晃了晃那瓶已经被密封起来的液体。

我原想发火，但十九已经非常虚弱，我实在不忍心。

十九跟我承诺，减肥到此为止，如今胸大腿长，体重秤上轻飘飘，已经足够。

我信以为真。

谁知一个月后，我在十九的后背和腰腹摸到青紫伤痕。

一问之下，才知道，十九早就开始了减肥针灸，在周身穴位扎针，促进新陈代谢。

当天晚上，我拿着放大镜仔细看了十九全身，从针眼儿就可以看出针灸的密度和次数，我想象着十九躺在床上，身上被扎满了针的样子，就像一只刺猬。

我很心疼。

我问十九，我不明白，你已经这么瘦了，何必还要针灸？

十九说，我体质易胖，中医说，针灸一个疗程扎完，可一劳永逸，即便不节食，照常吃喝，也不会长肉，脂肪已无处可藏。

十九说，这次是真的，我绝不再折腾自己了。

果不其然，这次十九算是言而有信，生活平静安详。十九迷上买衣服，越是凸显身材的，越是要买，要穿。

我仔细观察十九。

十九小腹平坦，可起飞战斗机。

胸脯高耸，沟壑深邃，虚怀若谷用在此处，毫不违和。

锁骨缝儿可作红酒杯，左右两边喝完，酒不醉人人自醉。

马甲线分明，形成一个美好角度，的确是人间销魂处。

腰窝深陷，如陨石坑，藏龙卧虎。

我也满足。

虽然减肥过程实属残忍，但减肥成效倒是不枉此行。

只要十九就此打住，我们生活必然可以美满幸福。

直到一次深夜，十九突然腹痛，我紧急送医。

医生告诉我，在十九肠胃里发现寄生虫，这种寄生虫一般都是寄生在蟾蜍、青蛙之类的生物体内。

我悚然大惊，等十九清醒，郑重问她。

她才承认，我听人说，蝌蚪卵可以减肥，瘦肠胃，抱着试试看的心态，生吞了十几个，就像吃龟苓膏，毫无压力。吃完之后，并无不适，身体倒是瘦得可爱。

我几乎要疯掉了，罕见地发了火。

十九虚弱地求我，就差跪倒在地，我美了瘦了还不是为了你？你不也喜欢我瘦我美吗？

我担心十九把自己玩儿死，开始严密地看着她，监视她的饮食，给她做饭。

大概营养实在过剩，十九一个月内胖了四斤。

十九如临大敌，每日惶惶不可终日，精神恍惚。

我看在眼里，很是心疼。

十九跪地求我，想去埋线。

我问埋线是什么意思。

十九说，在身体里埋下蛋白线，不但可以提拉肌肉，凸显年轻，还能起到减肥效果。

我闻所未闻，坚决拒绝。

十九以死相逼，我实在没办法，只好同意。

十九身体里，埋进去看得见的线、看不见的线，纵横交错，整个人如提线木偶，我心里隐隐有些害怕。

埋线之后，十九倒是精神焕发，身子也似乎一天比一天瘦。

几个月后，我惊觉十九已经瘦成理想状态，气质逼人。十九红光满面，尤其对我感恩戴德。

我是有苦说不出。

勒令十九，就此打住，不要像是金庸新修版的《天龙八部》里，迷恋青春不老功，直至走火入魔的王语嫣一般。

十九说，你放宽心，我心中自然有数。

数月之后，我没想到十九又跟我提出新的想法。

十九说，我想明白了。

我说我不明白。

十九说，这么久以来，我一直本末倒置，找错了法门。仅仅是身体减肥，是远远不够的。

我更困惑，减肥不就是减身体上的肉吗？

十九有些失望地看着我，似乎我已经无法和她进行精神交流，说，减肥的核心要义是灵魂减肥，身心灵同时减重，才能达到至瘦之境。瘦若无骨肉，灵魂轻飘飘，我已决定了。

我几乎颤抖着声音问，你又决定什么了？

十九看我的态度，似乎更加失望，但还是心平气和地告诉我，我决定开始禅修。

禅修?

十九点头,十万八千法门,禅修可清心寡欲,除却烦恼,不起纷争,灵魂核心重量原本只有21克,但岁月催人,日渐给灵魂加砝码,灵魂愈加沉重。灵魂重了,人就不轻盈,身体自然就胖了。赘肉为何物?赘肉是灵魂沉重的外在表现形式。只是减重肥肉,治标不治本,只有禅修,学佛,学瑜伽,学藏传佛教呼吸法,学普拉提,学合气道,中西合璧,方能达到最佳效果。你难道未曾听过"瘦若无人"之说吗?

我听完之后,竟然无力反驳。

直到十九告诉我,在她禅修的日子里,她希望我不要和她同房,不可乱她心智,我才急了。

十九最终妥协,每周日她不再禅修,和我同房,但只允许我半个小时,并且只可以使用传教士姿势,其他一切行为均为邪祟。

万般无奈之下,我只有答应。

内心苦楚,难以同外人言明。

十九禅修之后,果不其然,体重以肉眼可见的速度减少,踩上体重秤,体重秤显示数字的速度赶不上十九掉肉的速度,直至出现乱码。

每周日,我单手可以抱起十九,禁不住想起了传说中,赵飞燕能在帝王手掌上起舞,心说大概也是禅修减肥的缘故吧。

女人实在是另外一个空间的生物。

禅修日久,十九瘦不停,从三维瘦成二维,从三次元瘦进二次元,旁人看我们走在路上,就像在看动漫,而我和十九近乎格格不入。

逛街时,我拉着十九的手,不敢放松,只要稍一疏忽,十九脚一踮,身子轻飘飘,随风而起,御风而行,忽而百里之外。

我不得不驱车连夜赶往,捕获十九后,再把她带回家。

瘦下去的除了身体、灵魂,还有十九的声音。

此前,十九声音有点烟熏嗓,说话煞是好听。

如今十九声音似乎已经返老还童,如孩童,似萝莉,偶尔还像娃娃鱼。

即便日本当红顶级声优,怕是也配不出十九的声音。

每次跟十九说话，我都恍惚，似乎自己也坠入二次元中，不得而出。

晚上回家，十九像个幽魂，飘来荡去，地球上的重力已不足以约束她。

近些日子，十九已经不愿意睡床，哄我睡着之后，自己就轻飘飘地飞起来，后背贴上天花板，找到舒服的角度，从空中俯视着我，看我入眠。

我半夜起身夜尿，睁开眼，被吓到失禁。

十九以生命cosplay，从此酷爱参加漫展。我带她出去，常常招来羡慕的眼光，宅男们的眼球几乎炸出来，恨不得粘在十九身上。

这种目光倒也让我晕眩，满足了我的一些虚荣心。

我阻止十九减肥的立场似乎也受到了冲击。

既然十九已经瘦成二维，我想我们之间再无嫌隙。

孰料，我日渐察觉，我和十九已经不再是同一个世界里的生物。

她所思所想，远非我所能理解，维系我们的，只剩爱情。

她睡天花板，我睡床，我们之间的距离，却遥若星河。

我想起那部电影Her，她是人工智能，可以同时和六万人恋爱，对每一个都忠贞，对每一个都认真，六万人都属于她，她却不属于任何一个人。

十九的瘦是属于全人类审美的。

而我近乎是一个亵渎者。

这种虚无折磨着我。

我不知道如何面对。

十九的瘦并没有停止。

二维的十九，逐渐变为半透明。

我可以透过她的身体看清许多东西，如果在外面光线一强，十九几乎隐身，我都找不到她。

为此，我们出门，我只能找来根绳子，揽住十九的腰肢，拴在我手腕上，微弱的重量提醒着我，十九还在。

家里，我重新换了所有室内灯光，以暖光为主，采用有颜色的波段，可以让十九在我眼里清晰一些。

我惧怕失去她。

♥ 我先爱为敬

但十九似乎看得很淡，淡如她现在的身体。

十九看出我的空虚，今晚没有飘向天花板。
她抓住我的手臂，在我耳边低语，我想要。

十九已经无法承受我身体的重量，她骑在我身上，柔软，透明，我进出她身体的时候，只能找准角度，否则还以为自己在和空气交流。

我想起《聊斋》里的故事，书生和妖精亲热的时候，在旁人看来，就是书生在进出空气，多么空虚。

快感袭来的刹那，我也感觉到巨大的虚无，流下眼泪。
十九微笑着望我，满眼安慰，凑过来，伸出舌尖儿，吃掉我的眼泪。
我可以看见，眼泪进入十九的身体，随即化为雾气，蒸腾不见。
十九看着我，一直看着我，整个人在我眼中从80%透明，变为完全透明，缓缓消弭，随即比透明更透明，终于消失不见，像从未存在过一般，只剩下空气中一丝她身上的香气，若有若无。
我躺着，看着，如被冰雪，一动也动不了。
我目送十九离开，以这样无法跟别人解释的方式。

03

女孩们的动物园

女孩在不同年纪，喜欢的男人不同。

如果要给一个女孩著书立传，男人们就是她人生的注脚。

美鹿自称拥有特殊的能力，她能看到生活中每个人的本相。

美鹿说，每个人的本相都是一种动物，每个人的性情就是动物的习性。

在美鹿眼里，整个人间都是一个动物园。

奇异的是，美鹿看不见自己的本相，但美鹿坚持认为自己是一只麋鹿，日夜与精灵为伴，餐风饮露，吃草木，不食人间烟火。

美鹿遇到的第一个男孩，本相是一只松鼠。

十九岁的美鹿，爱上了跟她年龄相仿的松鼠男孩。

两个人身体发育完成，灵魂触角张开，向世界讨刺激。

男孩女孩都生性好动，年轻带来的无限精力让他们几乎永无停歇：

走南闯北，胡吃海喝，大吵大闹。

尤其喜欢在大街上、在公众场合吵架，分贝极高，震碎灯泡、玻璃，吓得邻居家狗叫，引来众人围观。

闹分手时，两个人都做了过激的事情。

松鼠男孩扬言要放纵自己，每天换一个女朋友，就是为了活活气死美鹿。

美鹿二话不说，搞来血浆饮料，伪造自己割腕现场。

最终，两个早上发誓老死不相往来的男女，傍晚时分就抱在一起，忘情热吻，女孩如章鱼一样纠缠在男孩身上，疯亲狂吻，在男孩皮肤上留下殷红印记。

男孩紧抱女孩，恨不得就此抱进骨肉深处，揉进灵魂，共用一套器官。

激烈的争吵是少年时候爱情的表达方式。

美鹿的第一次打算给松鼠男孩。

为此，两个人都战战兢兢，提前一个月准备。

松鼠男孩白天健身，收缩小腹，储存体力。

睡前，释放能量，希望关键时刻好好表现。

去建筑工地，目不转睛，观察打夯机，打夯机天生神力，高频振动，所到之处，土石瓦解，看什么补什么，以此给自己心理暗示。

美鹿每日深蹲五百，锻炼私处，手机里装满拥有蜜桃臀的外国超模照片，鼓励自己，再接再厉。

洗完澡，照镜子，对自己晒不到太阳的地方，不甚满意。

斥巨款，跑美容院，美白，修剪出漂亮形状。

时间选在美鹿例假结束后第三天，二人相约学校附近的小旅馆。

赤裸相见，对彼此身体充满好奇，各自抓着对方研究半天。

女孩引导，男孩莽撞，外面雨水很大，疼痛和汗水通感，天花板旋转，和四面墙壁一起变成镜子，镜中有花，镜中有月，镜中有你我。

两个人年轻的身体一同呈现出美好形状，映在镜中，千变万化。

一对年轻人此刻互为神祇，互相献祭，直至融为一体。

年轻的爱情，短暂美好，像在极短的时间内绽放完的焰火。

毕业之后，两个人都没能存在于彼此的未来里，就此分开，各安天涯。

美鹿和松鼠男孩，陪伴对方，一起长大，一个长成美好女子，一个长成翩翩少年，然后分开，不复相见。

二十四岁的美鹿爱上了第二个男人，本相是一头孟加拉虎。

虎男年纪比美鹿大，是美鹿人生的指路明灯，美鹿的任何问题到了虎男这里，都能得到完美解决。

美鹿妈妈住院，需要进口药物，美鹿问遍亲朋，谁都搞不到。告诉虎男，虎男打了一个电话，一个礼拜后，药物寄到。

美鹿工作遭遇挫折，疼爱她的奶奶离世，银行存款告急，美鹿陷入人生困境。

虎男不动声色，暗中替美鹿安排高薪工作。

美鹿不负众望，工作得心应手，渐成中流砥柱，升职为主管，早上可以不必打卡上班，上司也不忍追究。

更有甚者，虎男在郊区买下一栋老屋，将奶奶老家老屋的陈设全部搬进去，一比一复原，美鹿看到此情此景，哭到晕厥，每个周末想念奶奶了，就来老屋小住。

床笫之间，虎男仍旧负责指引方向。

美鹿觉得，即便性癖古怪，在虎男身上，也十分自然。

虎男尊重美鹿，美鹿乐意迎合，二人分外和谐。

二十四岁的美鹿除了拥有虎男，还拥有一只红狐。

红狐是闺蜜一丸的本相，一丸是美鹿下属，全方位崇拜美鹿，近乎痴狂，学美鹿穿衣风格，化与美鹿相同妆容，效法美鹿处事方式，积极进入美鹿朋友圈，恨不得摇身变成美鹿。

美鹿享受这种崇拜，指导一丸工作，带着一丸逛街。

但凡一丸看中的东西，总要问美鹿意见。

姐姐，这款香水怎么样？适合我吗？够不够魅惑？男人闻到会不会失去理智？

姐姐，这对耳钉闪不闪，戴在我耳朵上像不像两颗星星？

姐姐，这双水晶高跟鞋多挑衅，穿上简直就是天生女王。

姐姐，你快试试，要是适合你，就肯定适合我。

美鹿禁不住笑，试给一丸看。
一丸鼓掌，顾不得自己两张信用卡透支，一定要全部买下来。

美鹿奉劝一丸，可不要丢了自己。
一丸打趣，说不准我哪天杀了你，变成你，继续你的生活。
闺蜜两个笑成一团。

初始，美鹿觉得一丸是自己的小妹妹，多加照顾也是正常。
后续发现一丸贴自己实在太近，直到侵犯自己领地。
三番五次暗示之后，一丸也没有听懂。
美鹿不好再提，只当自己想多了，一丸不过是天真烂漫而已。

事情不知不觉起了变化。
先是，美鹿在虎男车里嗅到一丸的香水味，弥漫在车厢里，从气味的浓厚程度，就可以推断一丸在虎男车里待了多久。
美鹿安慰自己，或许是虎男顺路送一丸回家。
一个是男朋友，一个是好闺蜜，不至于小题大做。

直到美鹿又在虎男车上发现一只耳钉，像星星的那只，闪着寒光，像一件兵器，直抵美鹿要害，妄图杀人于无形。

美鹿心中翻腾，表面却不动声色，旁敲侧击几次，问不出结果。
虎男浑然不觉，即便是再细心的男人，也比不过女人的第六感。

美鹿告诉虎男，周末我要出差，周一晚上才能回来。
虎男送美鹿去了机场。

美鹿周六晚上下了飞机，叫了车。
在车上，心里惴惴不安，但又有个声音催促着她。

车子停在虎男楼下。
美鹿按了电梯，到了十六楼，一梯一户，电梯打开，便是虎男的住所。
门口，虎男每日擦得锃亮的皮鞋旁边，安放着那双嚣张无比的水晶高跟鞋。

美鹿站在门口，愤怒转为悲凉，声音堵在胸口，发不出来。

一丸生性谨慎，做事情细心，工作上，从不犯低级错误。

如今，又是香水味，又是耳钉，又是高跟鞋，接踵而至，每一样都是挑衅。

她是故意让美鹿知道的。

一丸变成美鹿的最好方式，就是通过同一个男人。

美鹿站在门口，心里想了很多。

她突然觉得，女人前去捉奸，多难看，说到底打的还是自己的脸。

美鹿维护了虎男和一丸最后的体面。

叹了口气，美鹿拎起水晶高跟鞋，下了楼，扔进了垃圾桶，和鞋子一起扔掉的，还是自己习惯了许久的生活。

虎男诚恳地向美鹿道歉，把责任都推在一丸身上，理由是，女人勾引男人，男人无法抵抗。

美鹿苦笑，理性告诉我，我应该原谅你，这种事难免，让你保证下不为例，然后假装什么都没发生过。但可惜我是一个感性的人。

虎男一反常态，苦苦哀求。

美鹿拉黑虎男，不再见面。

几天之后，一丸发给美鹿一条微信：

姐，你走了，我发现我也没那么喜欢他。我喜欢的，其实是你喜欢的。你不喜欢了，我就觉得没意思了。

美鹿苦笑，说到底，一丸不过是一只丢了自我的红狐，是个可怜人。

自此之后，直到二十八岁，美鹿一直没有恋爱。

迫近三十，美鹿做了个梦。

梦里，美鹿的身体和心灵同时衰老，眼睛和私处先后干涸。

她惊醒，再也没有睡着。

三十岁的美鹿，遇到的第三个男人，本相是一只柴犬。

柴犬男孩二十一岁，初入社会，进入职场，莽撞得很像美鹿的初恋，那只可爱的松鼠。但美鹿自己却不再是那头年幼的麋鹿。

柴犬男孩尚无阅历，即便发怒，都只能亮出乳牙。年幼无知，但胜在年轻，脸上满是稚气和胶原蛋白，嘴甜，"鹿姐姐、鹿姐姐"地叫着，美鹿觉得自己有种慈母般的满足感。

生理期，美鹿宫寒，端坐着喝益母草，看着柴犬男孩张牙舞爪、拼尽全力地讲笑话，想要逗笑她。美鹿心里也觉得温暖，柴犬男孩就是个年轻小太阳。

可惜，美鹿紧接着又捕获到98年的小姑娘看柴犬男孩的眼神在燃烧，像极了当年的美鹿自己。

到了要和小姑娘抢男人的时候了吗？

美鹿打趣自己，觉得好笑。

回家的路上，夜色浓重。

柴犬男孩开车，满眼不舍，鹿姐姐真的不去蹦迪了？

美鹿看着柴犬男孩眼神里闪烁着用不完的精力，摇了摇头，你们去玩，我回去还要加个班。

下了车，柴犬男孩临走之际，打开车窗，探出头来，大喊，鹿姐姐，你今天真好看。

美鹿笑了，跟柴犬男孩挥手告别。

柴犬男孩兴奋地踩下油门，疾驰而去，冲向远方的霓虹。

美鹿走在夜色里，走着走着，车灯变成星星，路灯变为月光，高楼大厦化成树木，一抬眼，已经蔚然成林。

美鹿脚步愈加轻盈，走着走着，跑了起来，穿梭于森林之中。

森林深处，雨水积聚出河流，美鹿看水中自己的倒影，又惊又奇，她一直以为自己的本相是一头麋鹿，可她没想到，在水中所见，竟然是一头花豹。

美鹿跑得更快，心里冒出来一个念头，彻底认清自己，真不是一件容易的事。

好在，还有未来。

04

栖身于爱

一

"1个小时之后,我有空。我把位置发给你,你订好房间等我。"

韵文收到了指令,几乎是从床上弹起来,以最快的速度洗澡、化妆,口红、香水、闪亮的耳钉,黑色丝质内衣,都是他喜欢的,一样都不能少。

女为悦己者容。
韵文比谁都明白这句话的意思。
她急匆匆地出门,开着车疾驰,甚至不顾超速。
路上,她还在自嘲地想,男人用爱把女人变成傀儡。

真有些可悲。
可惜她仍旧沉溺其中。
轻车熟路地开好房间,打开排气扇,在厕所里点一根烟——他不抽烟,但他喜欢她嘴里的烟味。她甚至自己准备好了他喜欢用的套套。

她深知自己拥有的不多,除了速朽的年轻和美貌,只剩下女人的乖巧和体贴。
沾了口红的烟蒂,浇灭了,扔在垃圾桶里。

我先爱为敬

二十分钟以后，他来了，急匆匆地，冲了个凉，他把她按倒在床上，像个青春期的男孩一样急不可耐，横冲直撞，一如既往地弄疼她。

她抱着他，任由他，只有这时候，这个男人是完全属于她的，沉溺于她的身体，不知身在何处，不知今夕是何夕。

高潮的刹那，她觉得自己回到了科莫多，那个著名的潜水胜地，高潮的感觉和潜水很像：身体和灵魂被海水包围，整个人都漂浮于云端，叫不出名字的鱼类在身边游过，如果足够幸运，会看见白鳍鲨。

二

离婚之后，韵文爱上了潜水。

比起生活中的暗流汹涌，海底变幻不定的流向似乎也没那么可怕。

朋友都说，离婚后的韵文，完全变了一个人，热爱玩命，登山，潜水，蹦极，滑翔，什么危险玩什么。

韵文只能苦笑。

离婚以后，她觉得自己失去了在人间的位置。

她渴望找到新的位置栖身。

那些少有人到过、少有人见识的地方，比熟悉的城市更适合疗伤。

韵文就是在这里遇见他的。

在Castle Rock，他和韵文一组，成为她的潜伴。

那时候，韵文还是个新手，下水之后，就见识了Castle Rock的强流，他牵引着她，顶着强流前行。她开始怕得要死，生怕自己就死在这里，变成一条鱼。

强流更强，韵文抓不住他的手，手一松，韵文控制不了自己的身体，眼看着就要被冲走。关键时刻，他挂牢了韵文身上的流钩，随即又揽住她，抓住她的手。

两个人就在折角处，隔着海水对望，时间似乎凝固，此时捕食猎物的白鳍鲨游过，场面壮丽，她看得屏住了呼吸。

随即，白鳍鲨就成了背景，她的目光被这个男人所吸引，眼神如箭，直抵心肺。

这是她的应许时刻。

他给了她一个位置。

男人动作停了下来，埋进她的温软里，把汗水藏进她的心窝里，两个人心跳共振。

只要他在，时间就成块地过，太快了，太快了。

他睡着了。

每次他都会睡着。

他不年轻了，冲撞消耗了他的体力，他像个孩子一样，把她当成妈妈，在她怀里沉睡。

尽管她那么想和他说话，却不忍心叫醒他。

他睡了一个小时，才从蒙眬中醒来。

这一个小时，她看着他，由衷地觉得幸福。

他坐起来，看看手机，里面几十条未读消息。

她知道，那是他的妻子。

他号称已经完全没有感情的妻子。

她努力藏起嘴角的一丝冷笑，看着他起来洗澡、穿衣服，对着镜子恢复成衣冠楚楚的样子。

"一会儿我还有个约，先走了。"

她熟知小女孩撒娇那一套：起身搂住男人的脖子，娇嗔，别走嘛，我不要你走。

但她没有。

她知道他不喜欢这样。

男人到了一定年纪，不喜欢女孩闹腾。

她克制了自己想当一回小女孩的冲动。

他照例吻了她，而后头也不回地匆匆离开。

每一次都是他先走，留她一个人在酒店房间里。

白色床单，例行公事的装饰，厚实的窗帘，这里就是男人囚禁她的牢笼。

可她偏偏还不想逃离。

❤ 我先爱为敬

她裸着身子起来，去洗澡，又看见了垃圾桶里沾了口红的烟蒂。

她盯着看，觉得自己像那只烟蒂，被享用，被遗弃，美丽又伤感。

等等吧，等等吧，她劝自己，他说过会和老婆离婚的，已经熬了五年，现在放弃都算不上及时止损了。

她坐在马桶上，想念科莫多，想念在科莫多的每一秒钟。

轮船的马达声催促日落，她和他一起夜潜归来，交流着在水底的感受。

等队员们纷纷散去，他们两个就躺在甲板上，盖着同一条浴巾，满天繁星都在看着他们，看着他们痴缠，以彼此的灵魂和身体互相献祭。

她渴望永远留在那里。

三

男人却不合时宜地说了实话，我结婚了。

她的幻梦被打碎，声音像鲸鸣。

男人接着说，但是我和她早就没有感情了，剩下的只是消耗和僵持。我迟早会和她离婚。

她没说话，仍旧看着星星，一年前，有人抢走了她的男人。说不定也是像今天一样的情景。凭什么她一直都是受害者？她不服。

这一次，她要做坏人，以爱的名义。

这一等就是五年。

五年里，他无数次承诺，无数次背弃承诺。

她甚至习惯了绝望。

如果不是烟雾缭绕中，镜子里的自己皮肤开始松弛，皱纹开始显现，她都不敢相信自己已经在期待和绝望的交替折磨中过了五年。

一个女人的青春，有几个五年呢？

她看着镜子里的自己在迅速老去，皱纹爬满她的脸，胸部垂下来，头发渐渐花白，她看到了自己的结局，没有一个她能栖息的位置，她仍旧是孤身一人。

她无数次下定决心离开他。

但每一次他都痛哭流涕，甚至以死相逼。

她更舍不得。

因为她知道，先走的人，有退路。

而她没有。

她不想成为一只沾着漂亮口红被享用之后，就被遗弃的烟蒂。

相识五周年纪念日。

女人热爱提醒男人，纪念日的重要性。

大概是因为女人要不停地证明男人爱她。

于是发明出诸多节日来庆祝，来纪念。

韵文告诉他，陪我去一趟科莫多吧。

他推托说，公司有很多事情。

她笑了，她说，我们在那里相识，我想我们也应该在那里告别。

他很惊讶。

但这一次，他没有痛哭流涕。

或许他也累了吧。

她已经成了他的烟蒂。

科莫多依旧美得不像话。

韵文和他再一次来到Castle Rock。

下水前，他低头给韵文检查装备，神情专注。

这一刻，韵文觉得他是爱她的。

只不过，他被牵绊了。

就像流钩在暗流中，牵绊住潜水员一样。

Castle Rock，强流拐角。

他们停留。

像第一次见面一样。

这一次却没有白鳍鲨。

强流袭来，他下意识地寻找流钩，却发现，他和韵文的流钩都不见了。

随即是他的呼吸器出现了故障，他开始短促地呼吸，在水中挣扎。

水底下，他发不出声音，像被按下了静音键。

❤   我先爱为敬

他看向韵文，拼命地向韵文打手势，告诉她，自己呼吸困难。

韵文却没有任何回应。

失去意识之前的刹那，透过面镜，他看到了韵文的笑容，与当初看见白鳍鲨时候的笑容一模一样。

韵文看着他随波逐流，混入鱼群。

她喜欢这里。

她顺着强流游向他。

摘掉了自己的呼吸器。

她没有任何不适，她觉得由衷的自由。

她看着水里的自己，潜水衣褪去，皮肤上长出鱼鳞，她慢慢变成了一条白鳍鲨，凶狠又美丽。她展了个身段，缓缓遁入深海。

这里是她最后栖身的位置。

05

一个男配角的青春切片

老许出事儿了。

老大打电话挨个儿通知了我们，让我们把手里的事情放一放，一起去德州看看老许。

等我们赶到的时候，老许一个人坐在空空荡荡的婚房里，没有家具，只有白墙上还悬挂着巨幅的婚纱照。

婚纱照上，老许西装革履，面对着镜头露出他标志性的八齿大笑。

老大点了外卖，我们在老许失去新娘子的婚房里支起青春的小酒桌，聊起了我们的过去。

每一次在老许面前聊起我们的青春，老许总能适当补充一些被我们遗漏的细节，从而让关于过去的回忆越来越立体，以至于有时候会恍惚，这段经历距离我们似乎没有太遥远。

我骑着自行车，飞驰在2006年烟台的大街上，这里的云层总是很低矮，似乎抬起手就能抓一把塞嘴里当棉花糖吃。

一路下坡，破风，风声在我耳朵边儿不知道在说些什么。

得意忘形的我因为控制不住下坡的速度，上一秒我还在享受风吹过我脸蛋儿的激爽，下一秒脸已经亲吻上了柏油路，我连续完成了一系列正常成年男性不可能完成的动作，在马路上摔出去七八米，我可怜的自行车摔得零件到处都是。

我坐起来，已经不知道自己身在哪里，我慢慢感觉到了浑身火辣辣的，像是被澡堂子里的大爷刚刚搓了一顿狠澡。恍惚中，我拨通了老许的电话，告诉他，我出车祸了。

五分钟以后，我看到老许卖力地蹬着他的自行车，风驰电掣地赶来。

这就是老许，我们出了事情总会第一时间想起来的人，以至于在毕业之后有很长一段时间，我都无法适应没有老许的生活。

我躺在2011年上海田林的一间出租屋里，因为失恋后喝多了，半夜突然就被饿醒，十分想吃我们大学一餐的粗粮煎饼，迷迷糊糊地喊了一句，老许，我想吃煎饼。

喊出口我才反应过来自己已经毕业一年多了。我坐起来，在酒后的脑仁的失重里，透过窗户，看着马路上这么晚了还来来往往的汽车，不知道它们要赶往哪里，就像我一样。我想着离我而去的她，还有被我留在了海边小城烟台的朴素青春。当然，更重要的是，我想起了老许，这个在我青春里传奇的糙汉。

老许，帮我去北校取个快递。
老许，帮我去打一壶热水。
老许，替我去给我女朋友送个早饭。
老许，快点来帮我哄哄女朋友。

你一定会觉得"帮我哄哄女朋友"这件事是我刻意夸张搞笑，为此，我只能无限惋惜地看着你，要是你早一点认识老许，也许你就不会怀疑了，又也许你的人生会因为老许有一点改变。

向老许提出"帮我哄女朋友"的赵国柱，严格来说，是老许的情敌。
而赵国柱希望老许前来帮忙哄哄的女朋友，就是老许大学四年，甚至毕业后很长一段时间都中蛊一样深深喜欢着的女孩，夏天。

在老许和赵国柱针对夏天展开的求偶战争中，老许失败得毫无悬念。

作为体育生的赵国柱身体健壮，据说跑完五千米接着测肺活量还能达到骄人的成绩。

我们原本以为，为了夏天，老许甚至可能会和赵国柱约架，而令我们难以置信的是，老许的反抗可谓另辟蹊径——他和赵国柱成了好朋友。

海边小城烟台的这个晚上，原本准备去北马路灯红酒绿的快捷酒店里共度良宵的赵国柱和夏天，却在海边因故吵了起来。

而四肢尤其发达、大脑时常不够用的赵国柱，在经过长达三个小时的哄女朋友之后，终于彻底崩溃了。夏天在海边或站或蹲或坐，除了变换姿势，几乎就是一张jpg格式的图片。

而早在一个小时前，赵国柱已经完全用完了自己脑子里哄女孩的所有词汇，接下来的时间只能枯燥地重复着同样的几句话，"好了，你有完没完了""差不多行了吧""几点了都"。

毫无疑问，每多说一句话，夏天的怒气值就越高，赵国柱知道如果再这样下去，明天可能就会在社会新闻上看到自己的名字。

危急关头，赵国柱拨通了老许的电话。

当时老许已经在我们303宿舍里陷入了深度睡眠，但赵国柱反复震颤的电话，还是唤醒了老许。

老许接起来，赵国柱在电话里几乎带了哭腔：救救我。

老许几乎是从单薄的床板上弹射起来，他裸穿上牛仔裤，不顾熟铜拉链的激烈摩擦，反穿上T恤衫，也管不了领标露在脖子外面，冲到楼下，叫醒值夜班沉睡的宿管大爷，要求出去救人。

宿管大爷从迷蒙的梦中醒来，披着衣服，眯着眼睛，端详着这个头发鬈开、眼里还带着饱满眼屎的年轻人，无视了老许的外出请求，只是以一种见惯风浪的冷漠摇了摇头。

老许直接跪在了地上，告诉宿管大爷，今天要么让我出这个门，要么咱都别出这个门。

宿管大爷举着手电筒，照射这个放出狠话的年轻人，想在他眼里寻找到哪怕一丝怯懦，但是宿管大爷失望了。

最终，在宿管大爷的目送和骂娘声中，老许骑上了跟着他无数次为夏天而奔波的自行车，以接近一辆老头代步车极限的速度，尽可能快地赶到了海边。

赵国柱看到了夜色中老许飞驰而来的身影，几乎要热泪盈眶，如果不是碍于夏天还在，他甚至想当场就抱着老许，痛诉自己在夏天这里所遭受的委屈。自己一个接近180斤的男人，被夏天这个娇娇弱弱的小姑娘欺负得一点办法都没有。

老许跳下了自行车，赵国柱还想说话，老许已经对着他摇了摇头。

赵国柱看着老许端庄地走向了夏天仍旧饱含怒气和委屈的背影，除了给他一个感激的眼神，在心里默默为老许加油，赵国柱不知道该做什么。

老许用了二十分钟，就让一直梗着身子的夏天松软下来。夏天流出了眼泪，甚至发出了抽泣声，最终发展为号啕大哭。

即便是对女孩发脾气毫无经验的赵国柱也知道，只要生气的女孩子终于哭出声来，那说明她的愤怒和委屈都已经得到释放。他安全了。

老许走向了赵国柱，拍了拍他的肩膀，示意他，把肩膀递到夏天身前，准备承接她憋了一整晚的眼泪。

赵国柱用眼神感谢了老许，鼓足勇气，走向了夏天。

老许慢慢走远，他就算不回头也知道此刻夏天正在赵国柱怀里进行着看似激烈实则毫无威胁的挣扎。

老许又骑上了自行车，飞驰在烟台夜色笼罩下浓墨般的海边，此刻他只有他自己。

老许不是没有机会成为夏天的男朋友。

在夏天眼里，她找男朋友只遵循一条简单的公式：A看着顺眼+B对我好=C男朋友。

如果做不到A，把B做到极致也一样可以得到结果C。

而老许在追求夏天的漫长过程中，也一直在践行这条简单的公式。

夏天很快就发现，老许这个人并不知道疲倦，即使在爬完泰山一个来回后，老许仍旧可以为了夏天返回十八盘拍一张照片。

夏天从来没有对老许客气过，大大小小的事情都差遣老许去做。如果身在女生宿舍被窝里瑟瑟发抖的夏天发现自己原本应该每个月七号才光顾的大姨妈，突然毫无征兆地提前到来，而碰巧宿舍里最后一片卫生巾已经被用掉之后，夏天也会打电话给老许，让老许骑车买来送到女生宿舍楼下，再由夏天放下床单做成的绳索钓鱼一样钓上去。

老许对于这种"被需要"不但乐在其中，而且可以说是感恩戴德。

为了兑现这种被需要，老许几乎有些走火入魔。

某一日深夜，我起身上厕所，正蹲在厕所里酝酿的时候，突然听见厕所内部有窸窸窣窣的声响，借着一点微弱的光，我似乎看到蹲式马桶里有一个活物在爬行。我当即大叫一声：快来人，有个动物！

室友们陆续被我喊醒，纷纷凑到厕所，各自把手机举起来，那个夜半爬行的动物终于现出了原形——是一只螃蟹。

而这只螃蟹之所以出现在我们男生宿舍的厕所里，是因为自幼生活在内陆城市的夏天，在有限的生命经历中，从来没有见过活的螃蟹。

得知夏天这一缺憾之后，老许每天都骑车去海边捉螃蟹放进罐头瓶里，等见面的时候送给夏天。

因为螃蟹实在捉得太多，以至于老许得到一个"螃蟹"的外号。

我们打趣老许，你要为整个海洋的生物多样性考虑，不能因为你的爱情使得螃蟹这个物种灭绝。

老许很快就让整个经管系都知道，他喜欢夏天，而夏天喜欢螃蟹。

如今离开烟台已经十年，不知道烟台海边的螃蟹子孙是否还笼罩在被老许支配的恐惧中。

夏天也不是不知道老许对她的好究竟意味着什么，因此，尽管老许吃起东西来面目狰狞，还总是身怀着只多不少的不解风情，但夏天还是把竞争自己男朋友的机会开放给了老许。

在夏天提议和老许一起去KTV通宵唱歌来庆祝她二十二岁生日的当晚，我们303宿舍甚至破天荒地为老许筹集了一笔在当时堪称奢侈的资金，让老许带夏天去北马路开一个有落地窗的酒店房间。

老许在我们的期许和祝福下，准备出发，我们反复劝说，他才放弃了要骑着自行车载着夏天骑行15公里到北马路KTV的念头。

❤ 我先爱为敬

在多年以后揭秘的资料里，我们发现，当天晚上夏天喝了酒，唱了歌，而且允许老许对她进行了拥抱、亲吻和抚摸，并且留下了海量的拍立得照片来纪念这个眼看着就要发生缠绵悱恻爱情故事的晚上。

但这个夜晚结束之后，老许和夏天仍旧保持着一段谁都看得出来的距离。

我们不得不反复询问老许当天晚上究竟发生了什么，为什么在这样的良宵里，老许没有升格为夏天的正牌男友？

在我们的反复催问之下，老许终于并不太确定地给了我们一个答案。

我们一下子恍然大悟。

如果说老许这个人有缺点的话，那我们能想到的缺点只有一个：对同学太好了，对男同学好，对女同学也好，也许更好。

不知道出于何种心态，老许记得我们整个经管系两个班级每一个女同学的生日，并且在她们生日当天，一定会送上一份并不贵重但绝对因人而异的小礼物。即便为此他不得不长期通过馒头蘸豆腐乳来维持肉体的运行，但他的精神层面却感到一种巨富般的富有。

但是这样的举动，在夏天的择偶公式里，多了一个"D博爱"，这个"博爱"扣光了老许所有辛辛苦苦赢来的分数。

事后，我们辗转通过夏天的室友打听到了夏天当时的原话。夏天说：他很好，对我也很好，但他对别人也很好，我没有感觉到在他这里，我跟别人有什么区别。

我们宿舍众兄弟，把这句话原原本本地告知了老许，也希望老许能明白这其中的利害关系，并且有些残忍地告诉老许，你看别人生日的时候你送出去那么多礼物，你生日的时候，不是每个人都会给你回礼啊。

老许的反应令我们实在无从理解。

老许说：送别人礼物我自己很开心，别人送不送我，我不太在乎。

我们为之绝倒：可夏天她在乎啊。

老许想了很久，告诉我们：确实，我的行为有问题，但似乎不是大问题，我也许可以对很多人好，但我只能对一个人爱。这并不冲突啊。就像我不光给女生拿快递，我也给男同学取外卖啊。

我们并没有说服老许，而老许也仍旧我行我素，没过多久，老许就发现夏天身边多了一个男人，赵国柱。

赵国柱正式成为夏天的男朋友。

老许甚至把赵国柱介绍给我们，说：这是夏天的男朋友。

我们试图从老许的表情中找到哪怕一丝不爽和妒忌，但我们都失败了。老许是真心想和赵国柱做朋友，想必连赵国柱自己都不会想到，他和老许的友谊足够长久，长久到大于他和夏天的感情时长。

直到很久以后，赵国柱才明白，爱情转瞬即逝，唯独友谊天长地久。

当然老许也的确痛苦过，但这种痛苦没有维持多久，或者说，至少在我们看来，没有维持多久。

我们系的女班长因为和身在大连部队异地恋的男友进行了旷日持久的吵架，吵到要分手，平日里品学兼优的女班长再也坐不住了，她决定连夜坐船赶往大连，当面和男朋友吵一架。鉴于身在部队的男友只有一晚上的假期，女班长当即就要出发，但一个人上路又实在有些害怕，关键时刻，女班长找到了老许。老许抄起包，说，走吧。

老许是一个不会说不的人，他的人生中极少有拒绝别人的情况，即便后来他前妻跟他提出离婚。

我已经无从得知这一夜，老许陪伴着焦灼的女班长，前往男朋友临时居所的路上，他在想什么。

但有一点可以肯定，那天晚上，老许为夜奔男朋友、挽回旧恋情的女班长保驾护航，这已经是侠客所为了。

尽管得知这件事的夏天并不这么想，甚至因此更加认定老许不值得托付。

船行六小时，到了大连，天还没有完全亮。

为了省下不必要的住宿费，老许一个人在候船厅里坐到了天大亮。

此后的很多年里，老许坚持认为，一个人住快捷酒店是一件很寂寞的事情，在他印象里，酒店一定要两个人住。我不知道他这一观念什么时候才得到改变。

天亮起来，和好如初的女班长和男朋友来到候船厅，男朋友向老许表示了真诚的感谢，并且嘱托老许将他的女朋友安全地带回学校。

老许说：我一定不辱使命。

等到老许风尘仆仆地回来，他告诉我们，坐船真爽啊。

也是因为老许，毕业以后女班长和男朋友结婚了。老许用一个晚上拯救了一段爱情。

可能你也会觉得，老许这种无私只表现在对女孩，但事实并非这样。

我们303隔壁302宿舍的浩洋伙同女朋友在校外开了一家火锅店，老许慷慨地为他们无息贷款2000块——这是他几乎从牙缝里省出来的钱，并且人肉入股，没事就去帮已经俨然是小夫妻的店主夫妇拌麻酱，客串服务员。

在同学们热情的光顾下，一个月以后，火锅店终于入不敷出，成功破产。尽管浩洋承诺一定会把欠老许的2000块钱还给他，但一直到毕业的第十个年头，老许仍旧没有收到这笔钱，不但没有收到欠款，而且还失去了跟浩洋的联系。

浩洋就这样消失在了老许的世界里，也消失在我们大多数同学的世界里。

后来，我们另外一个同学高远告诉我们，浩洋还欠了他5000块，而他早已经被浩洋拉黑了。

我们不知道浩洋遭遇了什么，尽管他是以这样不光彩的方式消失在同学们的朋友圈里，但我们还是希望他现在已经熬过来了。

老许燃烧自己散发的光辉和余热，仍旧照耀和温暖着他身边的每一个人。

他尽可能地照顾到每一个身边人的生活，但对于他自己的生活却似乎有些漫不经心。

老许因为连续几次考不过英语四级，被校方告知，如果到毕业还过不了，就可能拿不到毕业证。

老许这才决定说服父母，斥重金为他报考新东方。

老许花了一个寒假班的时间，在新东方上完了整套的英语四级强训班。

回来之后，他骄傲地告诉我们，自己至少学会了两个知识点：

第一，三短一长选一长，三长一短选一短。

第二，gome在美国俚语里是淫荡的意思。

我们面面相觑，不知道老许为什么要花几千块钱把这两个知识点买回来。

下一次的四级考试，老许仍旧以糟糕的成绩未能通过分数线，从那以后，老许干脆放弃了考英语四级。

老许说：我生命中不需要这玩意儿。

那是我们一生中最无忧无虑的时光，每个人都沉浸在自己的青春恋爱里不能自拔。

那时候，过去的都过去了，未来却还没来，我们也不着急长大，每个人的青春额度都满满当当，所以我们挥霍起青春来个个都很豪横。

我和小不点每天都去自习室里谈情说爱。

四张和何玉还在进行着远距离的暧昧。

赵大头和文慧像是连体婴儿一样整天黏在一起。

小六子和他的学姐进行着学术式的感情交流。

老三和总是不肯修剪鼻毛的小威在《魔兽世界》里杀伐征战。

老许拥有一台相机，总是不停地拍我们，事无巨细，即便因此挨骂也还是拍个不停。当时的我们并不知道，只是聚在一起扯淡、吃饭、闹腾，有什么好拍的。

但老许还是坚持，也许他想拿个奥斯卡什么的。

毕业终究还是要来了，我们开始为茫然未知的前途发愁。

夏天决定考研，为此放弃了暑假，报了考研补习班。

而赵国柱放暑假第一天就撒欢一样地跑回了老家。

老许得知之后，跟夏天报了同一个补习班。尽管他并不是真的想考研，但还是煞有介事地报了班，租了房子，每天和夏天一起上课，听政治老师讲述又长又困的课程内容。

老许后来说起这段时光，还是忍不住笑，他说，这是他大学四年和夏天单独相处最长的时间了。

❤ 我先爱为敬

夏天考研失利，转而决定去考公务员。

赵国柱很快就找到了一份工作，开始了新的生活。他没有勇气直接跟夏天分手，而是找到了老许，希望老许转告夏天他们分手的消息。

老许考虑了很长时间，还是答应了赵国柱。

老许和夏天在烟台海边来来回回走了一个多小时，却始终说不出口。他无法说出伤害夏天的话，即便这些话并不是来自他。

直到夏天停下来，看着他，跟他说：你去告诉赵国柱，分手是我提出来的。

老许呼之欲出的话全都憋了回去。

夏天却突然说：我想吃螃蟹了。

毕业终究如期而至。

小不点去了巴黎，我去了上海，我们在分开后的第十一个月约定了分手，把我们的感情永远定格在了二十多岁一起牵手走过的烟台海边。

赵大头和文慧各自有了家庭，只有同学聚会的时候，两个人会忍不住多看对方两眼。

小六子没有娶到他的学姐。

四张终于放下了对何玉的执念，和一直爱慕着他的凤梨在一起，过上了幸福而安定的生活。

老三和小威毕业后再也没有登录过他们的游戏账号。

夏天考上了公务员，老许回到了自己的家乡。

我们从老许这里得知了夏天要结婚的消息，我们正要准备措辞安慰老许，他却告诉我们：我是伴郎。

等到老许结婚，我们都有些措手不及，老许和新娘从认识到结婚，只用了几个月。

婚礼结束以后，我们都喝多了，在酒店门口看谁的肚子首先被岁月搞大，老许找了一个路人为我们拍下合影。

我们六个人对着镜头，撩起了衣服，遮住了脸，如同嫖娼被抓包的留影一样，令人啼笑皆非。

老许婚礼结束后，我回到北京，过了一段时间，老许半夜给我发视频通话，我迷迷糊糊地接起来，老许劈头就问我：你猜我在哪儿？

我莫名其妙：你不是度蜜月吗？

老许说：我现在在巴黎，小不点就在我对面，你要不要看看她？

我睡意全无，停顿了很长时间都说不出话。

老许把镜头对准了小不点，小不点坐在那里，头发还是很短，端庄地跟我打招呼。

对我来说，那是个美好的夜晚，尽管隔着六个小时的时差，但我还是觉得，我们并没有离得很远，因为我们的青春始终都在一起。

就是这个替我看望前女友的老许，我想骂他又想谢他，一切都在变化，只有老许没有变，他努力保持着和我们每个人的关系，每年我生日，他一定会打电话给我，闲扯几句。我有时候常常恍惚，如果没有老许，也许我的世界会变化得更快一些，快到我跟不上。

我们在老许失去新娘的空荡婚房里喝得东倒西歪。

老许告诉我们，之所以婚房里什么家具都没有，是因为离婚以后，老许母亲希望老许的前妻把那个许家传家的玉镯还回来。

老许向前妻提出这个要求。

前妻说，当初结婚的时候，家具都是我选的，你把家具都给我吧，我把玉镯还给你。

老许叫了一辆货车，把家中大大小小的家具都搬进货车里，从前妻那里换回那个玉镯。

尽管这样，老许并没有流露出来一点脆弱或者痛苦，我们也没有继续问。我们像以前一样，东拉西扯，像猴子一样互相追逐闹腾，一直折腾到天亮。

第二天，我们发现老许的小指指骨被他握拳的时候捏骨折了，他把他的痛苦，都握进了自己的拳头里。

一年以后，老许介绍自己即将结婚的女朋友给我们认识，他不无骄傲地说：我老婆是练杂技的。

我们都笑了，各自脑补了几万字的不可描述。

老许的故事，终于等到了一个好的结尾。

有一次，老许把他拍我们的视频发出来，我们每个人看完都沉默了很久。

原来，距离我们的青春已经过这么久了，视频里的我们没头没脑，高兴得毫无逻辑，开心得莫名其妙，我们甚至无法认出自己。

老许不在画面里，只有声音出现在我们的故事里，他躲在镜头背后，像一个深情的旁观者。

我不知道当初无时无刻不在拍摄我们的他，是否早已经意识到，这些美好瞬间转瞬即逝，年轻人沉浸其中而不自知。

只有等到多年以后的某一天，我们才会恍然大悟，感谢他记录了这一切，为当年美好到失真的少年时光留下真实可感的证据。

06

如果恋爱倒过来谈

我和楚楚在激烈的争吵中，正式开始了一段感情。

我们在卧室吵，在厨房吵，在楼道里吵，当着猫和狗的面吵。

家里一切能摔碎的东西，我们都摔碎了。

吵架的主题大小不一，种类繁多，像漫天的繁星一样数都数不过来。

楚楚怪我，朋友聚会太多，回家太晚，跟每个漂亮的女孩都要好，对朋友出手阔绰，却不让她买项链，买鞋子，买包包，买精华。

我呵斥楚楚，虚荣心太强，不合群，不待见我的朋友，敏感多疑，花不该花的钱，拜金，小气，全身都是坏毛病。

我们深知对方所有的痛点，每一次吵架，都找准了对方的命门狂喷。

伤害最亲近的人，是人类最引以为傲的种族技能。

楚楚活脱脱就是一个泼妇，披散着头发，脸上的面膜震荡，长年累月的化妆已经侵蚀了她原本精致的五官。

没有人知道，楚楚从哪里学到那些准确刺激男性自尊心的话。

"窝囊废！隔壁老王都换新车了。"

"不行就不行，用不着每次都说没发挥好。"

"有多大本事吃多少干饭，承认自己没本事不丢人。"

我自然要反击，后天形成的绅士风度，我都用在了陌生人身上，用不着对楚楚客气。

"你化完妆我都不认识，易容术好厉害。"

"你胸那么小我嫌弃过吗？"

"谁好找谁去，人家也得要你。"

这样的争吵每天都发生，任何小事情都能引发一场剧烈的争吵，最终往往以摔门，摔东西，互相丢下一句"我真是瞎了眼"而告终。

楚楚睡卧室，我睡客厅。

坦白说，没有睡过客厅的男人，不能被称为真正的男人。

我很快睡着，也许这时候，只需要一个春梦，就能让吵架带来的挫败感一扫而光。

太阳出来，一切都会不一样。

等我醒过来的时候，太阳已经出来了，新的一天终于开始。

我迷迷糊糊，听到有人敲门。

楚楚盛装站在门口，看起来羞涩而又兴奋，我还没反应过来，楚楚告诉我，今天是她生日，我们约好了今天要疯一天。

我们去了很多地方，游乐场，电影院，人民公园，楚楚小时候住过的家属院，我念书的中学操场。

我们恶补着对方的成长经历，生怕错过任何一个细节，心里想着要是早一点遇上彼此该有多好。

我们牵着手一起唱歌，我们在路灯底下接吻，我抱着她，她心跳快得快要冲破胸腔，我想把她整个人都吃下去。

起风了，下雨了，天色也够晚的了。

我说要不今天晚上别回家了。

她不说话。

我说要不我带你去酒店看电视。

她不说话。

女孩不说话，就代表她是让你做主。

我带着楚楚去了酒店，没有大床房，只剩下标准间。我把两张床拼在一起，我们在床上蹦啊跳啊，直到隔壁来砸门，我们才不得不安静下来。

我们面对面躺着，我第一次理解了什么叫"面对面睡觉还想得慌"。

"一会儿我就冒犯了。"

"我能不闭眼睛吗？"

"那我能抓着你的肩膀吗？听说第一次要是不抓着肩膀，会白昼飞升。"

一扇新世界的大门从此打开，我身在虚空之中，觉得遇上的每一个人都调皮可爱，看一只狗的眼神都带着悲悯，世界上没有什么不能原谅。

那个晚上，是我离开子宫之后，再一次获得了婴儿般的睡眠。

时间继续前行。

现在，我和楚楚刚刚认识没多久，处在被称为"暧昧"的阶段。

两个人都努力隐藏着自己的任何一点瑕疵。

我向来衣衫不整，但见楚楚之前，会在镜子前折腾一个小时。

楚楚是路痴，见谁都迟到，为了见我，会提前一天把路况摸熟，生怕迟到。

我把我所有爱讲笑话的朋友都逼疯了，只为在见面的时候，让楚楚觉得，我很有幽默感。

每次见楚楚之前，我都很紧张，心扑通扑通跳，要是我不闭上嘴，心脏可能从口腔里跳出来。

在暧昧阶段，世界上除了我，没有别的男人。除了她，也没有别的女人。

两个人会把最好的一面恭恭敬敬地呈现给对方。

时间终于来到我们第一次见面时。

说起来，我也是见多识广的人，可我见到楚楚的刹那，还是打了个冷战。

好像所有的风都从她的裙子里吹出来，好像所有的雨都从她的眼睛里下下来，好像我攒了大半辈子的运气都是为了这一次不期而遇。

我文质彬彬，她楚楚动人。

我滔滔不绝，她安静倾听。

我设想了一百万种和她未来生活的可能性。

她允许我送她回家。

我们互相留了电话号码。

这串11位的数字，把我们联系起来，拓扑学里叫六步分离法，而我们更习惯称之为缘分。

我多么希望时间停留在第一次见面的刹那，我想和她一起落入吞噬一切的黑洞，也许就能把瞬间定格成永恒。

但是时间不会因为我的一厢情愿而停下来。

终于，我们回归到各自的生活，再也没有机会遇上对方，取而代之的是平淡无奇又乏善可陈的生活。

我们无比渴望的热烈又美好爱情，或许明天来，或许永远都不会来了。

07

本姑娘是故事大王

我家里有产业，其中还有一家会所，技师小姐姐漂亮技术好，可惜我不是男人，不然我都想试试。

过两天我男朋友生日，我想带他去会所体验体验，就当送他的生日礼物。

我这么一说，是不是突然就对我这个小姑娘好奇了？

我看过你的书，知道你是个作家。我喜欢你写东西的感觉，但说实话，我并不喜欢你写的东西本身。怎么说呢，我觉得你浪费了才华，写出来的却不是好故事。这不怪你，你没遇上好故事，所以我来了，我讲我的故事给你听。

先别评价我的长相。

我挺好看的，有虎牙，有酒窝。

你就叫我少女吧，我喜欢别人这么叫我。这样我就永远不会老了。

当然我本来就不老，我97年的。

我知道你，我百度过你，我男朋友跟你同岁。

他是外科医生。

认识他的时候，我二十二。

我先爱为敬

认识的过程有点意思，这一段你一定要重点写。

本质上我给你讲的其实是一个爱情故事。

而且还是个心酸的爱情故事。

那一年我抑郁症很严重。发作起来，一分钟想要自杀六十次。

吓到你了吗？别怕，我现在好多了。多亏了我男朋友，没有他，我可能在这个世界上就剩下一个名字了。

为什么会得抑郁症？

其实也没什么大不了的，我是我爸的私生女。

一个私生女总是有一些故事的。

我亲妈吧，生了我之后，不要我，找到我爸，把我扔给他，自己就嫁给了别人。

我爸那时候有老婆啊，也就是我大妈。

我亲妈把孩子扔给他们，就说了一句话，是死是活你们看着办。

事情到了这个地步，吵，闹，一点用也没有。

我就跟着我爸、我大妈，莫名其妙就长大了。

长大之前，天天盼着长大。

觉得长大了就不用在屋檐下受人摆布了。

但我没想到，还没长大，抑郁症就先来了。

你知道抑郁症这个东西发作起来，什么安慰也没用。

一开始还只是情绪差，想自杀。

后来我都开始自残了。

你看，我手上，横七竖八的伤口，跟假的似的，都是我自己弄的。

真的很严重。总之一句话，觉得什么都没意思，就想立马死了。

我爸年纪大了，就我这么一个女儿，这时候好像突然就意识到了，我如果也挂了，他就绝后了。

我爸带我去上海看医生。

看精神科之前，想要看外科，把伤口缝合了。

那天值班的就是我后来的男朋友。

他看到我手上的伤，那个眼神挺心疼的。
后来他说，是看我还那么年轻，几乎还是个孩子，就自残，他觉得有必要拯救一下。

他骗我。
跟我说性高潮能治抑郁。
我信了他的邪。
我说试试就试试，看看你行不行。

当时我还在病房里，他就带着我去了他家。
摩拳擦掌，说是不给我高潮不罢休。
弄得跟打仗似的。
我都笑场了。

他说夸下了海口，就一定要做到。
折腾了四五十分钟，我腿都麻了。
没高潮。
他一直冒汗。
反过来成了我安慰他了。
不过好像心里没那么想死了。

就这么着，我莫名其妙地就成了他女朋友。
他特别怕我继续想死。
天天给我做心理建设。
请他们医院精神科的医生吃饭，各种讨好，自己也学，他不是外科嘛，对精神科其实不怎么明白。

我吃了很多药，有他陪着，抑郁症就发作得少了。
治疗完一个疗程，我确实好了很多，可我也不知道治病的到底是那些药，还是我男朋友的帮助。
不过说真的，没有他，我真不知道怎么扛过来。

♥　我先爱为敬

我男朋友挺帅的。

有点像偶像剧里那种帅。

怎么说呢，就是帅得特别侵略。

我闺蜜吧，叫李黎黎。嫉妒我，本来我跟她关系可好了。

可自从她见了我男朋友，就跟换了个人似的。

尤其是在我男朋友面前，搔首弄姿，说白了就是故意浪，勾引他。

我当然生气了。

和她吵了好多次，有一次要不是我男朋友拦着，我差点动手。

可我男朋友说，这事儿是我不对，我误会我闺蜜了，他说我反应过度。

是我反应过度吗我？难道我要等到她动真格的时候再反应吗？

不用说，闺蜜也做不成了。

闹掰了。

互相拉黑。

总之，我必须扫除一切我和我男朋友之间的障碍。

我跟别人不一样，我自己是个私生女，我特别想要一个家。

我想早点结婚，可我男朋友告诉我，他是个不婚主义者。

什么不婚主义者。

我男朋友说，就是只谈恋爱，不结婚。

这不渣男吗？

我吵，我闹，打架，冷战，自杀，装病。

能用的招我全用了。

可没用。

我男朋友铁了心，只有一句话，谈恋爱可以，结婚万万不能。

我妥协了。

认了。

我爸也说了，他就我一个女儿，家里还有点产业，以后就让我回家继承家业。

所以，我现在和男朋友谈恋爱，基本上就是在倒计时。

过一天，就少一天。

我们竟然还挺和谐的。

可时间越久，我心里就越慌。

我得为自己的以后着想。

能给我高潮的男人可不多啊。

我背着男朋友，试着让自己怀孕。

结果真成了。

我试着问过他，如果我怀孕了怎么办？

他想都没想，说打掉。

呵呵。

怀孕三个月，我就和男朋友分手了，我没告诉他。

我回了老家，自己把孩子生下来，抱着孩子去见我爸。

我爸哭笑不得，不知道说什么好，他的私生女，带回来一个私生女。

我就在家乡留了下来，养活我的孩子。

我可不能像我妈一样抛弃她。

我要给她很多爱，特别多的爱。

低矮的出租屋里，少女对着手机，一句一句地给远方的作家讲完了这个故事，似乎松了一口气。

她放下手机，看着镜子里的自己。

镜子里的女孩，没有虎牙，也没有酒窝。

是李黎黎的模样。

小屋子外，有音乐声传来。

是家会所。

此时，远在上海的医院里，一个深夜值班的男外科医生，正在和一个有虎牙有酒窝的小姑娘聊天。

女孩说，你什么时候去我家里的会所啊？技技师小姐姐漂亮技术好，可惜我不是男人，不然我都想试试。

男孩只是笑笑。

出租屋里，有孩子的哭声传出来。

李黎黎连忙跑进卧室，从婴儿床上抱起了一个小婴儿，抱着，哄着，眼里充满了爱怜。

未　来

honeyglass

Presumptions

happiness

01

余生皆婚礼

陈向川今年七十五岁了。

七十五岁的陈向川每天早上醒来都会忘记一些事情。

先是出去买菜的时候忘记了回家的路，然后是忘记了孩子们的大名。

就像是有一个记忆大盗，不由分说地盗走陈向川的记忆，贼不走空，也不肯全部拿走，一次只带走一些。

记忆渐渐丧失的时候，记忆深处的细节才会显露出来。

没有什么比阿尔茨海默病更可怕了，这个病更残忍的名字叫老年痴呆。

世界上新事物不停地出现，应接不暇，这让陈向川很累，以至于固执地保守，一有空就钻进自己的车库里，倒腾那些不知道多少年岁的杂物。

爷爷很怀旧。

孙女如是说。

爷爷恨不得树不长高，我不长大，人类文明不发展，一切都跟以前一样。

人老了，总是会对新事物有某种恐慌，而躲避这种恐慌最好的方式，就是活在以前。

街巷熟悉，每一棵树熟悉，连云的形状，风吹过来的方向都熟悉。

熟悉，对老人家很重要。

但是现在，这一切都慢慢陌生起来。

陈向川觉得自己就像是一只惊慌失措的兽类，被猎人追急了，跑进了陌生的森林。

他迷路了。

陈向川最担心的是自己总有一天会忘记水果，他相伴五十年的妻子。

因此，陈向川尽最大的努力，把他和水果的一切往记忆深处藏。

但越是藏得深，就越忍不住不停地翻出来检阅、晾晒，把每一次细看都当作是最后一次。

陈向川在二十岁那年，遇见了水果。

水果当时只有十九岁，逆风走过来的时候，身上带着一股莫名的香味，每一天身上的香味都不一样。

"你就像个水果店。"

陈向川从此就给她取了个外号，叫水果。

陈向川可以不吃饭，但每天都要吃水果，水果这个外号包含了一个年轻男人能给予的全部宠溺。

水果脸红的时候，就像个刚刚熟的苹果。生气的时候，又像是外表强硬、内里多汁的木瓜。

年轻女孩身上永远有层层叠叠的秘密，这些秘密给了少年们无数遐想、猜测和奇妙的体验。

陈向川想要跟水果分享一切。

他给水果读西格尔的《爱情故事》。

这个悲伤的爱情故事，成为陈向川和水果的爱情启蒙。

两个人第一次去旅行，去的是贵州的苗寨。

正逢阴雨天气，两个人全身湿透地在苗寨一处狭小的房间里住下。

两张小床，一个卫生间，除此之外，所有不必要的都省去了。

唯一的好处是打开窗户就能看到斜斜长在山上的寨子。

被子太薄，两个人先后洗了热水澡仍旧冻得发抖。

睡到半夜，陈向川被水果的呓语惊醒。
水果嘴里不停地说着胡话。

"树林里到处都飘着带翅膀的芝士蛋糕。"
"我想泡在浴缸里吃麻辣小龙虾，不要蒜香的，要香辣的，变态辣。"
"雪下得太大了，再下下去地球就变成我的棒棒糖了。"

陈向川一摸水果的额头，滚烫，发烧烧到在梦里写作文，也是厉害。
外面还下着雨。陈向川翻自己的包，终于找出一颗退烧药，喂到水果嘴里，才发现忘了拿水。
等端着一杯水爬上来，水果已经把药片嚼碎了。
换了三次凉毛巾，烧还是没退下来。
陈向川急坏了，给水果裹上所有能裹上的衣服，用被子把她包成了一个粽子。

下了楼，前台指了方向，陈向川背着被裹成粽子的水果往卫生站跑。
苗寨的星光下，陈向川像个偷了别人家媳妇的贼。
水果全程摇摇晃晃，迷迷糊糊，嘴里喃喃自语，开始还能听出意思，渐渐地就开始胡言乱语。
陈向川跑出去三里路，觉得疼，才发现自己一只鞋不知道丢哪儿去了。

到了卫生站，水果输上了液，烧退了，陈向川这才放了心，找医生从自己脚心里拔出一枚锈迹斑斑的铁钉。
拔的时候，陈向川的惨叫声容易让人误会。
医生打个哈欠，都扎进去这么久了也没见你喊疼啊。

水果早上醒来，不知自己身在何处，一低头，看到陈向川张牙舞爪地睡在床底下，打着震天响的呼噜。

第二天，水果又生龙活虎，陈向川走路一瘸一拐，水果问怎么了。
陈向川含含糊糊地说，就是划了一下，没事。

去凯里，排队买车票，遇到一个本地的女孩，跟陈向川打招呼，要不我们一起包车吧。

车里，本地女孩和陈向川很热络，问陈向川，你们是情侣？
陈向川不知道该怎么回答。
水果说不是，我们就是驴友。
陈向川不知道为什么一阵失落。

本地女孩叽叽喳喳说个不停，水果不高兴，开始还只是看着窗外，不参与对话。
后来见陈向川和本地女孩越来越亲密，气得要跳车。
但车速实在太快，只好放弃了这个想法。

到了目的地，本地女孩提出要请他们吃饭，水果刚要拒绝，陈向川就说好啊好啊，我们来请，哪里有地道的酸汤鱼？

水果这顿饭吃得全是醋味，根本不知道酸汤鱼是什么味道。
晚上，本地女孩流连不肯走，要带他们逛逛夜市，吃丝娃娃。
水果断然拒绝，我们都很累了，要睡了。你家离这儿也挺远吧？
本地女孩豪气摆手，不远，我走一段就到了。要不这样，你先休息，我带他去转转。
水果气得转身就往回走，打定了主意不回头，走出去几百米，再回头一看，陈向川和本地女孩早已经不见了。
水果气得恨不得把整个凯里吃掉。

晚上，十一点多，水果气呼呼地睡不着。
终于响起了敲门声，水果浑身带着杀戮气场地打开门，陈向川晃着手里的袋子，我给你带好吃的了。
水果气得要关门。
陈向川连忙拦住。

水果缩在被子里，背对着陈向川，嘲讽技能全开：
你们俩熟悉得挺快啊？你怎么不跟人回家呢？海誓山盟了没有？这也算是你的艳遇了吧？哎，你是不是觉得我成了累赘了啊？没事，明天我就走，不耽误你艳遇。

陈向川却一言不发。

水果觉得奇怪，欠起身，回头去看，却迎面撞上了陈向川凑过来的嘴唇。

水果被亲蒙了，抡起胳膊给陈向川一个耳光，等打到脸上的时候，却已经没有了力气。

你干吗？

我就在你旁边躺躺。

你回你自己房间去躺，说不定人家还在你房间等你呢。

你闻闻你自己，都快成醋熘水果了。

你才是醋熘，你醋熘马，醋熘驴，醋熘熊……哎，你往哪儿挤呢？手往哪儿放呢？你再这样我生气了。

我就搂着你躺躺，什么都不干，我连衣服都不脱，我保证。

哎，你干吗啊，我揪你腿毛了啊。

陈向川表现并不好，当天晚上，剩下的几个小时，水果讽刺加嘲笑，陈向川有些无地自容，只好苍白地解释，我……我太紧张了。

你刚才不是胆儿挺肥的吗？

箭在弦上，我不得不发。

多少年以后，水果才知道陈向川故意和本地女孩亲近，就是为了让自己生气，然后乘虚而入。

男人套路起来，真是防不胜防。

两个人在一起之后，忍不住和对方分享彼此的前半生，就好像给对方开设了一个权限，可以随时随地前往对方的记忆里参观。

潮湿的小村庄。

陈向川的妈妈抱着还是个婴儿的陈向川，迎面碰上了二十来岁的水果。水果演技浮夸，这小孩儿真好看，来让姐姐抱抱。

水果接过还是个婴儿的陈向川，哄着抱着，我告诉你啊小屁孩，二十年后，我就是人生的最高峰。

水果刚说完，婴儿陈向川就尿了水果一脖颈子。

水果惨叫着把孩子还了回去。

校园里，级部主任办公室。

级部主任跳着脚教训早恋的水果，年纪这么小就谈恋爱，还让两个优秀的学生为了你争风吃醋，大打出手，这是什么风气？你对得起你胸前的红领巾吗？叫你家长来，现在就叫，马上来！

二十岁的陈向川款步走进来，老师别生这么大气，我是水果她爸。

水果冲着陈向川吐舌头。

级部主任肢体动作幅度很大，像是在跳舞，你怎么做家长的？孩子早恋你管不管？

陈向川摸摸水果的头，我家闺女长得好看，有魅力，被情窦初开的男生追求，这很正常嘛。老师像她这个年纪的时候，是没有喜欢过小姑娘呢，还是没被情敌揍过？

级部主任气得说不出话来。

半夜，青春期的陈向川偷偷爬起来，摸黑到卫生间里，把水龙头开到最小，像是做贼一样地洗内裤。

突然间，卫生间灯亮起，陈向川吓得魂飞魄散。

水果站在门口，笑吟吟地看着他。

陈向川连忙去关门，你来干什么？走走走，这一段不能看。

青春期的水果展了一个身段，一头扎进了游泳池。

教练在逐个教学员们游泳。

突然间，游泳池里的水开始变红。

学员们个个尖叫，以为发生了谋杀案，都去寻找这团红色的来源。

是水果。

水果愕然地看着自己像一条章鱼正在喷墨一样，染红了大半个游泳池，吓得呆住了。

岸边，陈向川哈哈大笑，水果捂着脸，无地自容。

分享完彼此的前半生，后面的一切，两个人就都是彼此人生的参与者了。

大学毕业之后，陈向川和水果去了不同的城市，隔着一千多公里，开始了长达多年的异地恋。

陈向川每个月省吃俭用买机票去看水果，两个人把"小别胜新婚"这句话演绎成不同的版本。

水果被上司欺负，一怒之下，辞了职，心中委屈，打电话给陈向川，哭得很伤心。

半夜，水果迷迷糊糊地醒来，有人敲门。

水果去开门，看到陈向川风尘仆仆地举着一袋子的食物，我给你带了好吃的。

低头一看，陈向川只踩着一只鞋子。

你鞋呢？

陈向川说，下车跑得太急了，掉了。

水果哭笑不得，跳起来抱住陈向川，又哭又笑，我们不分开了好不好？

陈向川没说话，抱紧了水果。

第二天，陈向川给上司打电话，辞职。

上司的手从手机里伸出来，要掐死陈向川。

陈向川从此来到了水果所在的城市，重新找工作，重新开始。

并不顺利。

陈向川报喜不报忧，硬撑。

水果问，你有没有后悔放弃那边的一切，来这里重新开始？

陈向川想了想，我给你讲个故事。

我在那边有个女同事，已经和异地恋的男朋友订了婚。

但我们有个已经结婚的总监，没事就给女同事送手链、手镯、项链，都是很贵的那种。

女同事一开始努力表明自己有男朋友了，而且还订了婚，坚决不收。

但总监不肯放弃，追求越来越猛烈，礼物越送越贵。

直到有一天，女孩终于沦陷了，开始过上了双城生活：

一边是外地的男朋友，一边是本地的已婚总监。

水果听完了，呆住，所以你是担心我也这样？

陈向川摇头，我是觉得没有陪伴的恋爱都是耍流氓。最后丢了，只能怪自己不陪伴，不能怪女朋友不忠贞。

水果忍不住抱了他。

婚礼如期举行。

❤　我先爱为敬

陈向川和水果开始为了生孩子调养身体。

陈向川戒烟戒酒戒游戏，列excel表计算水果的排卵期，扬言要用科学的方法创造一对同卵双胞胎。

每到水果的排卵期，陈向川就会斋戒，九点前赶回家，拜天拜地，放古典音乐，做热身运动，搞得跟做法事一样。

水果忍不住笑。

陈向川要求一定要严肃，仪式感和场景化确实会对我们的造人行为产生重要影响。

陈向川每一次都贡献出本月的最佳状态，不到高潮不罢休。

结束以后，陈向川陪着水果一起倒立半宿。

经过三个月的努力，水果终于怀孕了。

陈向川仍旧是个普通员工，工资不高，如数上交。

领导逮着谁骂谁，一骂骂半天。

开始的时候，陈向川还总是忍不住发火，后来慢慢学会了屏蔽。

男人在外面再不被尊重，在家里也仍旧是顶梁柱。

水果打电话来说羊水破了，陈向川往外冲，领导拦着让陈向川加班，陈向川来不及解释，一拳把领导打翻在地，跨过他的身体就冲了出去。

低头加班的同事们忍不住默默鼓了掌。

送水果到了医院，陈向川等在手术室门口，皮鞋两只都跑丢了，光着脚焦急地走来走去。

两声婴儿的啼哭一前一后传来，陈向川感觉后脑勺被幸福敲了一闷棍，瘫软在地上。

之后的生活，平和安静。

孩子们长大，我们变老。

水果七十岁这一年，在陈向川的注视下安静地离开了人世。

陈向川努力了多年，仍旧不习惯自己一个人。

坚持睡双人床，留着水果所有的衣服，自己做饭要摆两副碗筷，在车库里擦洗着所有和水果有关的一切：

水果骑过的已经锈得不成样子的自行车，当年在贵州扎进自己脚底的铁钉，每一次去看水果的票根，两个人当年备孕时一起研究的书籍……

陈向川不顾儿女的劝阻，独自一个人去了一趟贵州苗寨，想要去找当年他和水果住的那个寨子，却已经找不到了，那里长满了树木，树木开出花来，好看得要命。

回到家，被阿尔茨海默病折磨了几年之后，陈向川召集了全家，宣布了他的决定。

"先生，请您再次确认，您清楚确切地了解这项手术的风险，以及可能会带来的后果。"

手术室里，医生在手术之前，最后一次询问陈向川。

陈向川点点头。

在儿女们的关注下，手术开始了。

陈向川手里紧紧握着那本《爱情故事》，慢慢闭上了眼睛。

记忆开始被清空，记忆中的点点滴滴如水雾一般渐渐消散。

直到剩下最后一个被层层叠叠包裹着的场景。

这个场景开始在陈向川脑海中循环播放：

这一天，二十五岁的陈向川如愿以偿地迎娶了二十四岁的水果。

婚礼简单，天气很好，好朋友们都来了。

人们笑，闹，跳，叫。

陈向川眼神没离开过水果，穿着婚纱的她，笑起来美丽极了，就像是这条街上最大的一家水果店。

陈向川请求的这项手术，名字叫作"局部记忆留存"。

即，用尽所有的神经元，尽可能长期留住最珍贵的局部记忆。

陈向川只选了这一天：

他娶到了水果，到达了他人生的巅峰。

从此，在陈向川的记忆里，余生，每一天都是他们的婚礼。

❤ 我先爱为敬

02

时间沙漏

从零下196摄氏度的液氮中醒来，已经是218年之后了。

但我好像仍旧沉没在一片光里，光很亮，可我眼前却一片漆黑，无边无际。

我觉得自己像一条鱼，在大海里游了很久，却终究不知道要游向哪里。

直到一阵剧痛，我眼前有个朦胧的影子出现，自我介绍说，我是国家生命科学院的研究人员，姓赵。

我不知道该怎么称呼他，只好叫他赵医生。

赵医生读取了我所有的数据，告诉我，你病变的器官目前已经被修复，但我们不确定会不会复发。

随即，他又饶有兴致地补充了一句，记录显示，你的妻子，程莉，五年前，已经提前醒了过来。

"妻子"两个字，像是一道光，把我从混沌深处打捞出来。

我接过一个显示器，上面是关于我所有的信息。

编号8932637117，陈久成，生理年龄45岁，冷冻时间218年。

冷冻前职业，北京市文物研究所第三考古队组长。

婚姻状态，丧偶，无子女。

我看着表单上"丧偶"两个字，一阵头痛，脑神经如被鞭子抽打一样，疼让人清醒，记忆翻涌上来。

说起来，那都是两百多年前的事了。

我的妻子，程莉，患上淋巴癌那一年，才二十五岁，刚刚跟我结婚一年，婚房里的喜字都还没有揭。

人其实特别脆弱。

尤其是当你把许多意义都寄托在一个人身上的时候。

看着躺在床上，已经被折磨得不成样子的程莉，我想到第一次见到她，她才刚刚毕业，在考古现场大呼小叫，见到骨殖会哇哇狂吐，但又偏偏要强，硬撑着跟所有人说，我没事我没事。

考古队里所有人都喜欢程莉。

在考古这个老气横秋的行业，程莉的出现，就像是一道鲜活的光。

有些女孩，在哪里出现，哪里就有光。

可现在，程莉躺在床上，美好的灵魂被肉体囚禁，我却无能为力，只能眼睁睁地看着，任她凋零。

一个人活在世界上，需要另一个人给自己位置。

程莉是给我位置的人。

如果没有她，我不知道我在哪儿，我也不知道自己该去哪里。

程莉清醒的时候，握着我的手，问我，你还记得你面试我的时候，跟我说过的话吗？

当然记得。

面试的时候，我问程莉，你觉得考古是什么？

程莉说，说白了就是合法地挖坟掘墓。

❤ 我先爱为敬

我一口水差点喷出来。

程莉却无辜地看着我，说，话糙理不糙，考古是为了研究历史，陪葬啊永生啊什么的都是虚无，我们的工作就是从虚无里打捞伟大的意义。

我又有点欣赏她了。

我跟程莉说，考古，就是和时间打交道。考古队员对时间的感知，和别人不一样。一百年，一千年，在考古队员看来，也不过是一道墓门的距离。

程莉握着我的手，她手心的力量虚弱，但眼里仍旧透出那种与生俱来的狡黠的光。

她说，所以啊，你不要伤心，在一起一年，还是一百年，对我们来说都一样。爱过了，就不虚无了；有过了，就是意义。

程莉病了以后，我从来没在她面前掉过眼泪。

这一次，我没忍住。

程莉把我抱在怀里，像安慰孩子一样安慰我，眼里有母亲般的光。

两年后，程莉失去了大部分生命体征，医生宣布了临床死亡。

在此前，我征得了程莉和她家人的同意，由国家生命科学院对程莉进行人体冷冻，液氮保存，希望有一天，人类医学发展到一定程度，可以让她复活。

更多的，是给自己一个希望，一个活下去的理由。

但我又很害怕，怕她一个人在多年以后醒过来，要孤身一人面对陌生。

她是个特别没有安全感的人，每次过马路都要握紧我的手，要是以后一个人了，她怎么能睡得着呢？

所以，在程莉被冷冻当天，我写下了遗嘱，将来，自己临床死亡之后，也把身体冷冻，希望有一天能和程莉一起复活。

理性一点说，人体冷冻，至少在理论上可行，我们还有机会。

感性一点说，与卿今世为夫妇，更结他生未了因。

人总要为了什么而活着。

我亲手按动按键，看着程莉的身体，慢慢浸入到零下196摄氏度的液氮里。

我觉得我应该说点什么，可我不知道说什么。

有那么一瞬间，我甚至怀疑，这样做是不是太自私了。

未来是什么样呢？

会更好吗？

会更坏吗？

谁知道呢？

也许我应该说，来生再见。

来生再见。

我轻轻地喊出声来。

现在，就是"来生"了吧。

我要见到程莉了，我可以再听见她的笑声了，说不定，我会来个恶作剧，从背后吓唬她，让她惊叫，让她大惊失色，让她捶着我的胸口，鼻涕眼泪一起哭出来，大骂我浑蛋。

按照冷冻前的协议，我拿到了程莉现在的住址。

但我并没有立刻去找她。

我有一些害怕，我需要调整一下自己的情绪。

程莉比我早醒了五年，她现在的生理年龄还是三十岁，而我却已经四十五岁了。

以前读诗，读到"十年生死两茫茫，不思量，自难忘"，并不知道具体是什么感觉。

现在我知道了。

我担心，我害怕，怕"纵使相逢应不识，尘满面，鬓如霜"，怕程莉认不出我。

跟她比，我老得实在是太快了一些。

闲聊的时候，赵医生告诉我，选择人体冷冻手术的人并不多，因为很长一段时间，人们都不确定这项技术能否成功，以及成功后有多严重的副作用。

但我不在乎这些。

我只在乎我和程莉又有了时间，又有了人生。

按规定，人体冷冻的志愿者醒来之后，仍旧要配合国家生命科学院的研究。

医生给了我一块手表形状的仪器，说是需要时刻监测我的生命体征，随时和我保持联系，大概是怕我突然死掉。

毕竟对于"未来"来说，从"过去"来的人，像异类。

世界都变了样子。

我来不及熟悉这一切，在赵医生的指引下，我拿到了自己冷冻前的物品。

洗澡，刮胡子，我看着镜子里的自己，也有些陌生。

看着推送到手表上的地址，我心里安定了一些，这个地址就是我在这个陌生"未来"的位置。

手表上的光点提醒我，已经到了。

我站在一座乡间别墅前，看着特别复古的建筑风格，一时间，有些分不清自己所在的时空。

我曾经亲手清理过一座北宋初年的墓坑，其中出土了一个青铜的建筑模型，亭台楼阁，雕栏斗拱，颇有情态。

当时，程莉还感叹，要是我能住进这样的房子里就好了。

一声狗吠，把我从回忆里叫醒。

我透过栏杆去看，别墅的院子里，晾晒着刚洗好的衣服，仔细一看，都是裙子，像一面又一面的旗帜。

一阵风吹过来，裙子们被鼓荡，一个女孩穿着背心，光着胳膊，闪身出来，正在晾起另一条红色的裙子。

女人能把平常的一切都变成风景。

你爱过的女人每个角度你都认得。

是她。

程莉。

我隔着这么一小段距离看她，她站在晾晒的裙子里，身上沾着水珠，闪着梦一样的晕光。

我觉得脑袋发晕，喉头发甜，我走过去，走近她，直到被栏杆拦住，怔怔地看着她。

一点都没变。
不，头发好像长长了。
看起来更年轻了。
更好看了。
冷冻前，她还是个病人。
那场病没有让她不好看。
反而让她有一种惊心动魄的美。
现在她好了起来。
我好像老了。
太老了。

我有些自惭形秽，不知道该不该走向前去抱她，跟她轻描淡写地开玩笑说，嗨，醒了？睡了这么久，睡傻了没有？还记得那本科幻小说吗，《仿生人会梦见电子羊吗》，你做什么梦了？梦见什么了？

我在原地站着，挣扎着，直到她也看见了我。
我一下子呆住了，觉得特别口渴，说不出一句完整的话。
她看着我，只是对我礼貌地微笑点头。
我一怔，心里像被流星击中，火辣辣地疼。
她果然没有认出我。
随即，我又连忙说服自己，正常，她认不出来很正常，这么多年没见了，我又老了，她大概忘了我的样子了吧。

我想再走得近一点，走近她，让她再仔细看看我，她总说我脸上的痘痕形状古怪，像月球的坑。她总说我的胡楂长得调皮狰狞，亲她的时候总是弄疼她。她总说——

♥ 我先爱为敬

我的脚步猛地停下来，看到屋子里一个男人走出来，走到程莉身边，两个人凑近说了什么，然后男人抬头看我，眼神防备，随即向我走过来，打量我。

请问，你找谁？

我找程莉。

这里没有这个人。

你胡说什么？她就是程莉。

我激动起来，男人却慢慢推开我指着程莉的手，跟我说，她是我的妻子，她叫温迪。

我呆住，又看了程莉一眼，就算隔的时间再长，我也不可能认错人。她明明是我的程莉，怎么成了这个陌生人的妻子了？

我想要走过去，当面问程莉，却被男人拦住。

我根本不想理他，推开他，他却死死地拉住我，我们两个人打成一团。

直到程莉走过来拉开我们，把我推倒在地上，眼神里满是陌生，请你离开，不然我报警了。

说罢，她扶着男人走了回去，没有回头。

我一个人瘫软在地上，脑子里一片轰鸣，身上的汗渗出来，像是被瞬间抽空的保鲜袋一样，失掉了所有的力气，眼前一阵猛烈的白，晕了过去。

等我醒过来，已经是三天以后。

我躺在国家生命科学院的病床上，赵医生在记录数据。

看着我醒了，赵医生责怪我，你现在身体还是很虚弱，不能剧烈运动。

可是我的妻子……

赵医生叹了口气，你跟我来吧。

我站起来，护士扶着我，跟着赵医生走进一间白房子。

房子里，四面墙都是显示器，上面是密密麻麻的数据。

赵医生说，这些都是人体冷冻被唤醒的病人。

我看着显示器上不断流动跳跃的数据，不知道是什么意思。

赵医生指着其中一个编号为8932637200的显示器告诉我，这是你妻子醒来之后的跟踪记录数据。

我看着这些符号，光柱，数字，一脸茫然。

赵医生说，经过人体冷冻之后被唤醒的病人，在概率上，会出现并发症，目前已经发现的并发症有183种。你妻子在冷冻保存的时候，液氮对脑神经造成了不可逆的损伤，你知道，脑神经细胞至今都是无法修复的。

看着我一脸茫然的表情，赵医生又解释，通俗一点说，你妻子冷冻前的记忆没有得到保存。

我脑子里"嗡"的一声，难怪她认不出我。

赵医生说，为了病人的健康，我们并没有把她冷冻前的事情告诉她。现在你醒了，按照当时的合约，你有权利声明她是你冷冻前的妻子。但是现在……

赵医生沉默了一会儿，据资料显示，她现在已经结婚了，理论上，冷冻之后，你妻子仍旧是自主权利人，我们没有权力干预她的生活。

我听明白了，发着呆，说不出话。

赵医生补充了一句，目前你还没有出现并发症，我们会严密地监控。你冷冻前的所有存款，现在都存在中国银行，你可以去兑换成现在的货币。我们也给你提供了临时住房，直到你有能力独自生活。

我走出来的时候，阳光猛烈、刺眼，我站在国家生命科学院的双螺旋结构的雕塑前，像一辆丢失了GPS的破汽车，不知道自己在哪里，也不知道自己的目的地。

我去了中国银行，兑换了钱，拿到了我存在那里的个人物品。

幸亏是真空恒温保存，东西都没有坏。

绝大部分都是我和程莉以前的东西，我们的结婚照，婚礼当天的视频，她最喜欢的玩偶，我们的家庭相册，我们一起考古的时候拍的工作相册……

当天晚上，我翻看着这些现在已经可以说是古老的回忆，却觉得它们好像发生在昨天一样。

我甚至有些恍惚，我到底是在时间的哪一头？

我和程莉之间，到底过了多久？

是两百年，还是只是一天？

一夜无眠。

我想了很多。

首先，我要弄清楚程莉现在的丈夫到底是谁，是个什么人。

然后，我要把真相一点一点地告诉程莉，让她想起来一切。

我从来都是个自私的人。

她是我的妻子，是我等了两百年的人，谁也别想把她从我身边抢走。我和死亡都已经打过一架了，最后是我赢了。这一次，我一定也可以赢。我不管那个男人是谁，我只知道我的妻子应该跟我在一起。

跟踪了男人很多天，我终于弄清了他的身份。

男人叫何旋，是一家互联网公司的创始人，名声不小，财力也雄厚。

这更让我怀疑他是怎么说服程莉嫁给她的。

甚至有可能，他是在骗程莉。

程莉经受了这一切，我不能再让她受一丝一毫的伤害，我必须保护她，她只有我了。

每天晚上，我都会到程莉住的别墅外面抽根烟。

她认不出我，我怕吓到她，不敢贸然接近她。

或者说，我不想以这种方式接近她。

在晚上看这个城市，看那些公寓里亮起来又灭掉的灯。

我禁不住想，每一盏灯里面都住满了故事。

只是不知道，他们的故事是喜是悲。

我渐渐习惯了一个人。

晚上终于也可以睡着了。

至少，至少我还有个目标。

想到程莉，她存在在这个世界上，就让我心安，不管以什么样的方式。

随着我的观察，我发现，何旋是一个很自律的男人。

每天的生活很单调，除了在公司，就是回家。

每次回家，都会经过一家花店，买同样的花带回家。

满天星。

我当然知道，那是程莉喜欢的花。

她说，我不喜欢玫瑰，我就喜欢满天星，满天星美好得特别朴素。

每次看到何旋买花回去，我心里都五味杂陈。

她喜欢的花没变，可是送花给她的人却变了。

尽管我非常不愿意承认，但我还是发现，何旋对程莉很好，甚至是过分地好。

我有时候会觉得自己是个多余的人。

或许，我根本就不应该醒过来。

那天晚上，我坐在别墅外面的路灯底下，喝了许多酒，妄图用身体的难受，对抗心里的难过。

我无数次想要冲进去，告诉程莉，是我啊，我才是你的丈夫。

但我没有。

这样只会让事情更坏。

下起雨来，我全身湿透，却不想找地方躲雨。

直到头顶的一方天空，被一把雨伞笼罩。

是何旋。

他看着我的样子，叹了口气，跟我说，找个地方聊聊？

我们在路边的避雨亭里坐下来，看着雨水一滴又一滴砸落，摔碎，折射着路灯和车灯的光。

你是被唤醒的人吧？

我一呆，看着他，他表情很友善，你能跟我说说你跟温迪，不，程莉的故事吗？

我没说话。

何旋却自顾自地说起来，因为保密协议，我并不知道程莉被冷冻之前的事儿，你告诉我，我才能帮你。

我冷笑，你会帮我？

他笑得很温和，你不说出来怎么知道我不会？

❤ 我先爱为敬

我大概是太渴望和别人说起我和程莉的过去了。

不知道为什么，我不想隐瞒任何细节，我把我和程莉的事情从头到尾都说给他听。

从我们怎么在考古队认识，到她如何生病，最后选择人体冷冻，比我更早醒过来。

可现在，她却不认得我了。

何旋听完，忍不住叹了口气，人体冷冻技术的缺陷，就是各种不确定的并发症。她……不只是忘记了冷冻前的事情，就连现在发生的很多事情，她都会很快忘掉。

我呆住。

何旋裹了裹风衣，看得出来，他很怕冷。

国家生命科学院有一个帮扶计划，帮助人体冷冻后被唤醒的人重新适应现代社会。我的公司，就是合作公司之一。

她来的时候，连自己的名字都记不住，为了方便称呼，我让她自己从名册上选个名字。

她说她喜欢温迪这个名字，她觉得这个名字很暖。

她很害怕陌生人，经常会不自觉地发呆，短期记忆特别差，很多事情上午交代，下午就忘记了。

但她很温和，用了很多方法让自己能记住事情。

我很喜欢她。

我本来想要去科学院调出她的资料，只有知道了她的过去，我才好帮助她。

但按照冷冻前的协议，她的资料是保密的，只对科学院和冷冻前的丈夫开放。

我没有办法，只好一点点地安抚她，帮助她。

慢慢地，她终于适应了。

但是短期记忆差却没有办法治好。医生说，这种症状是因为脑神经损伤，类似于阿尔茨海默病。

后来，我们就相爱了。

我和她注册结婚。

她现在生活得很平静。

直到你出现。

我知道，她原本是你的妻子。我也知道，你对我怀有敌意，但请你相信，我们都爱着同一个人。

我听完何旋的话，心里堵得厉害。

我几乎是喊出来，可你抢走了她。

何旋看着我，他说，她不是什么物件儿，她是属于她自己的。她以前选择了你，后来选择了我。

我怒不可遏，可我等了她这么久。你凭什么？

何旋看起来比我平静很多，他说，你放心，我今天来找你，是有个提议。

我防备地看着他。

他说，从法律上，我完全可以拒绝你再见她。但从情理上，我理解你。我愿意帮你。

我一惊，怎么帮？

他说，前提是不能对她造成伤害。

我点头。

他接着说，我可以让你接近她，你也可以告诉她你和她的过去。但我希望你慢慢来，不要刺激到她。她现在很脆弱。你能答应吗？

我猛点头。

得到我肯定的答复以后，他继续说，我缺一个私人司机。你可以用司机的身份住在我家里，白天我上班的时候，你可以和她相处，慢慢唤醒她过去的记忆。我会尽量给你们更多的独处机会。

我有些不敢相信地看着他。

他也盯着我，说这番话似乎用尽了他的力气，我想你和我一样，都不想她再受到哪怕一点刺激。我愿意相信你。

我没想到他会答应我，而且是用这样的方式。

我问他，你为什么愿意帮我？

他站起来，往回走，说了一句，你为她做的这一切，她应该知道。到时候，选择的权利，还是交给她。

说完，他走进了雨里，身影看起来很瘦，好像要融化在雨水里。

一周以后。

何旋带着我去了他家。

程莉对我很友善，或者应该说，很客气。

客气到足以让我相信，她不但忘了两百年前的我，也忘记了我和何旋打架的事情。

她的眼神清澈，清澈又茫然。

我叫陈久成，我说，我特意把自己的名字说得很慢，观察着程莉的表情。

她脸上仍旧挂着微笑，客气的微笑，那是漂亮女人对不相干的人所经常露出来的微笑。

漂亮又冷漠。

她忘了我了。

很彻底。

我成了何旋的司机。

每天，除了接送何旋，更多的时间，都负责程莉的出行。

别墅里，陈列简单。

我被安排住在楼下的客房里。

我有时候看着程莉，不敢相信眼前的女人已经和别的男人组成了一个家庭，而且，我还和他们住在一起。

程莉打客房电话，告诉我，她一会儿要去菜市场，买菜给先生做饭，请我送她去。

我心里一抽一抽地疼。

客厅里，挂着程莉和何旋的婚纱照。

任谁见了，都会说，真是一对璧人。

程莉笑得跟我记忆里一模一样。

我看着看着，心里就充满了愤怒。

我不等了，我管不了那么多了，我必须要告诉程莉，我才是你的丈夫，我为了你等了两百年，你不能爱别人。

我看着楼梯，握紧了拳头，等着程莉走下来。

突然，我瞥见别墅里有什么不对劲。

一旦发现了不对劲，我就觉得浑身不舒服。

我仔细看，发现别墅里没有挂表，没有日历，没有电视机，没有一切跟时间有关的东西。

为什么？

是不是有什么阴谋？

人都是自私的，何旋为什么愿意让我，这个他现任妻子曾经的丈夫住进来？

有问题，一定有问题。

楼梯上，脚步声响，程莉穿着居家服走下来，对我笑，招呼我，走吧。

我一肚子的话，却又不想说了。我不能过早地暴露，我不能让何旋伤害到程莉。我要稳住，对，稳住。

女人和菜市场，给男人莫名的安全感。

主妇，瓜果蔬菜的气味，嬉闹声，有些生活习惯，千百万年都不曾改变。

主妇们把新鲜蔬菜带回家，做成饭菜，款待辛苦了一天的丈夫，这是属于人间的、属于尘世的幸福。

可我，却感受不到了。

回家的车上，我从后视镜里看她。

她看着外面的车流，有时候会露出茫然的表情，眼神会失去焦点。

晚上做什么菜？

她一呆，花了好几秒钟才反应过来，随即脸上又挂上了笑，都是家常菜，先生吃不惯外面的饭，喜欢吃我做的，我每天都做。晚饭一起吃吧。

我心里又酸，又暖，脱口而出，好久没吃过你做的菜了。

什么？她看着我，不明所以。

我一愣，没说话，专心开车。

晚上，程莉在厨房里忙来忙去，自言自语，盐呢？糖呢？料酒呢？蚝油呢？

我和何旋坐在餐厅里等。

没有人说话。

闻着散出来的油烟味，我们都在享受这一刻。

一桌子菜。

程莉额头上还带着汗，招呼我们吃。

我吃了一口，很咸，放了太多盐，我几乎要吐出来，抬头看何旋，他正吃得风生水起，见我看他，给了我一个眼神。

我吃着菜，看着程莉脸上满足的笑，明白了，她一定是忘记自己放了几次盐。

而何旋，每次还是会努力吃光。

程莉去厨房里洗碗。

何旋问我，出去抽根烟？

我点头。

我们抽着烟，看着远处的黑，沉默了很久。

她一直这样吗？我问。

烟雾中，何旋点头，她醒来以后就这样了。尤其是分不清楚时间，分不清自己在哪一年，经常混乱，一混乱就生病。医生说，这是冷冻复苏后典型的并发症，患者会丧失对时间的感知。为了不刺激她，我把家里的表、日历都收起来了。

我说不出话，大口抽着烟。我知道，程莉迷路了，在时间里迷路了。

这个瞬间，我突然不恨何旋了。

或许，一切都是我的错。

我不该违背苍天造物生老病死的规律，让程莉承受这她原本不该承受的一切。

我还是想知道，你为什么愿意帮我？

何旋抽着烟，从怀里掏出一个古旧的钱包，打开，里面是一张照片。

照片上，是一对年轻夫妻。

这是我的妻子，我们约定好，一起冷冻，一起复苏，在这里见面。

可她……没有醒过来。

我亲手埋葬了她。

我知道这种等不到的滋味。

本来，我没办法活下去，直到我遇见了我的温迪，你的程莉。

我吃了一惊，原来你也是……

何旋点了点头，我参与国家生命科学院的帮扶计划，就是不想让更多像你我一样的人，独自面临醒来之后的虚无和恐惧。

他看着我，说，如果她能找到平静，我不在乎她叫温迪，还是叫程莉。

我们都沉默了。

只有厨房里传出洗碗的水声。

此后的日子，我习惯了看着她，从不同的角度。

聊天，聊一些没有意义的话。

我有时候会提到自己以前的生活。

她问我，你夫人是个什么样的人呢？

我看着她，沉默了，不知道该怎么回答。

她见我不说话，笑了，我看见你手上的戒指了。

我看看自己手上的戒指，笑了笑说，她大概是世界上最特别的人了。

她也笑了，每个妻子在丈夫眼里都很特别，对吗？

我点头，这样的人，只有一个，永远也只有一个。

程莉很依赖何旋，眼神里透出来的依赖，不论是谁都能感受到。

她给丈夫做饭，给丈夫洗衣服、熨烫衬衣，安排好家里的一切。

我看着她，就好像中间这两百年根本就不存在。

我是她的丈夫。

她就是我的妻子。

她做家务的时候，我在她眼里，能看见安宁。

我不愿意夺走这一切，不管我有多么正当的理由。

我就这样看着她吧，看着她头发长长又剪短，看着她生下孩子，成为母亲。看着她成为一个好妻子、好妈妈，过上世俗又平静的生活。

就这样看着她吧，看着她，长久地看着她。

你病变的器官又复发了，除非更换，否则无法修复。我不确定，现在有没有合适的器官来源……

两年后，赵医生看着我，眼神里有许多惋惜，不过好在你可以选择继续冷冻。

我穿好衬衣，对赵医生说，我已经两百多岁了，活得够久了。

赵医生愣了愣。

我们两个人都意味深长地笑了。

我递给何旋一支烟。

我们两个人沉默着抽完。

我想单独见见她，可以吗？

当然可以。

何旋说要出门。

程莉问他，什么时候回来？会很快吗？

何旋看看我，没说话。

我说，会很快。

程莉说，那晚上我包饺子给你们吃。

厨房里，程莉擀饺子皮，剁馅儿。

我问她，你听说过"时间沙漏"吗？

程莉眼神茫然，想了很久，终于还是摇了摇头，好像听过，但我又想不起来。

我说，没关系，我讲给你听。

时间沙漏，是考古学里的一个名词。

考古队员开掘古墓的时候，挖出来一件器物，因为千百年都埋在地底封闭的环境里面，这些文物保存得特别完好，颜色鲜艳，就像主人刚刚还在使用。

但是，一旦接触到了空气，颜色会迅速消失，器物会立即腐朽，你肉眼就可以看见，这件器物只用了一分钟，就走完了原本要用一千年才走完的路。

这就是所谓的"时间沙漏"。

程莉听完，忍不住赞叹，好神奇啊。

我看着她，说，是啊，从这个维度上看，一分钟和一千年，长度或许都一样，并没有什么不同。一分钟，一百年，一千年，只要存在过了，就足够了。

程莉听着我的话，眼神又清澈，又迷茫，不知道在想些什么。

我又问她，你觉得考古是什么？

程莉这一次没有犹豫，脱口而出，说白了就是合法地挖坟掘墓。

我笑了，我说对，考古，就是从虚无里打捞意义。

至少你身上有些地方，从来都不会改变。

那天，我吃到了程莉包的饺子。

味道和以前一样。

特别好吃。

我吃了好多。

打嗝都是饺子的味道。

程莉看着我吃了这么多，笑得特别开心。

那是我记忆里最后一个画面。

一个月后，别墅的女主人温迪整理司机房间里的杂物。

不小心碰落一个封好的箱子，有照片撒落出来。

女主人看得呆了。

箱子里，有一本厚厚的家庭相册，每一张照片都是合影，考古工作照，聚餐的照片，婚纱照……

陈久成身边笑得灿烂非常的女人，不是别人，正是女主人自己。

她看见一枚包裹得严严实实的戒指，结婚戒指。

她和陈久成的婚纱照。

她看见iPad里婚礼当天的影像，她看见自己笑得像世界上最幸福的女人。

她看着，想着，似乎在一瞬间明白了一切。

时间沙漏。

她流下了眼泪，分不清一分钟和一千年到底有什么区别。

两百多年前，古墓考古现场。

北京市文物研究所第三考古队，正在组长陈久成的带领下，挖掘古墓。

实习生程莉睁大了双眼满脸期待地看着。

一件精美的美人木雕，突然从土里冒出来，众人还没来得及反应，美人木雕上的生漆慢慢挥发，消散，木头开始软化，腐朽，最终在众目睽睽之下，化成了一团尘土。

一千年的光阴，在这样一个美人木雕上，用了一分钟，就流过了。

但那天在场的每个人，都记住了美人木雕的美。

这就是虚无里最好的意义。

03

放肆二十四小时

游戏人生这件事，我自以为是专家，我所认识的人里面，大概没有谁比我更擅长。

安分守己，中规中矩地接受命运的安排，三十岁之前结婚，生孩子，忍受着柴米油盐，这样的生活跟我没关系。

我没有固定的工作，没有稳定的收入，也没有理想。

我不能成为让父母骄傲的孩子，他们也无法拿我去跟邻居们炫耀。提起我，他们更多的是闭口不言。他们早已对我彻底失望。

我朋友很多。

但大都在夜店和酒桌上。

晚上我们称兄道弟，醒酒了，可能谁也不认识谁。

我没有女朋友，或者说，我没有固定的女朋友。

我身边的女人很多。

有的并没有拿到"女朋友"的资格，也只是上过床而已。

我有时候记不住她们的名字，甚至会叫混。

但凡超过一个月，我就会把从我床上离开的女人完全忘记，再一次见面，可能我根本认不出她来。

她们给我的称谓有很多，但基本的意思是一样的：

浑蛋，渣男，禽兽，王八蛋。

我都已经习惯了。

我也不觉得我残忍，力的作用是相互的，我还觉得是我给了她们故事和幻想呢。

不然，她们的人生会像我一样，乏善可陈，从这个角度，我们可以算作是互相需要，互相成就。

除了女人，我更喜欢在这个城市里日复一日、夜复一夜地寻找一样东西，这样东西有着不同的形态、不同的气味，但是有一个共同的名字：刺激。

我很难准确地定义"刺激"到底是什么，但我能感受到它们。

我对"刺激"疯狂地热爱，我觉得我就是靠"刺激"活着。一旦生活归于平静和普通，我就寝食难安，不能呼吸，身体里有一股力量怂恿我，跑出去疯，去浪，去癫狂，直到找到能让我兴奋的下一个刺激。

我想这也是"PLAY LIFE"把最新体验名额给了我的原因之一。

大概是对刺激的渴望，让我与众不同吧。

PLAY LIFE是个神秘的机构，据说背后有大财团的支持，拥有好几个网站，以制作"巅峰人生体验"的节目闻名。

每个人都渴望被他们选中，这意味着，你可以在短时间内，体验你可能永远也到达不了的人生巅峰。体验完成之后，你还能得到一大笔奖金。

诱惑可想而知。

PLAY LIFE声称自己选择体验幸运儿是根据大数据，我不知道我在社交网络里留下了什么痕迹，能让他们注意到我，给我了这张宝贵的入场券。

但去他的，如果"世界是平的，倒霉几次，就能幸运几次"这个定理成立的话，这可能是我应该得到的幸运。

PLAY LIFE的办公室看起来并没有什么特别之处，甚至还有点土气，这和他们所传递出的"未来感"形象，多少有些不符。

"李先生，我们这次体验，全称叫作'放肆二十四小时'。体验中，在不给他人造成身体和精神损害的前提下，你可以做任何你想做的事情。我们会在暗处观察，拍摄，但绝不干预。体验中，所产生的一切费用，都由PLAY LIFE承担。"

太酷了。

我有点迫不及待，什么时候可以开始？

负责人递给我一份文件，"这是免责协议，请李先生仔细阅读，如果在体验过程中，因为自身原因造成您的身体和精神损害，我们概不负责。"

我耸耸肩，不用你们负责。

"李先生，如果没有问题的话，请在这里签字。"

我签了字。负责人收起文件，告诉我："现在是晚上七点，李先生，您还有五个小时准备，午夜十二点，我们的'放肆二十四小时'体验会正式开始。您还有什么疑问吗？"

我摇摇头，我恨不得立马就开始，这五个小时有点难熬。

百无聊赖，我只好回到我的住处。

这只是我睡觉的地方。

我从来不收拾，屋子几乎成了一个垃圾站。

我反而觉得这样有了一些人味儿。

这间房子是我父母送给我的，几乎花光了他们夫妻俩一辈子的积蓄。

原本是要做我的婚房，如果没有意外的话，我也有机会过上那种平常普通的幸福日子。

但就像人们常说的，你永远不知道，明天和意外，哪个先来。

发生在我身上的"意外"，并不体面，即便是不要脸如我，也羞于跟别人提起。

本来要成为我老婆的女人，叫胡悦。

我喜欢她，我甚至觉得我喜欢她胜过喜欢自己。

♥ 我先爱为敬

谈恋爱到第三年，我跟她求婚了。

她毫无悬念地答应。

我们开始准备婚礼。

父母欢天喜地，比他们自己结婚都要兴奋，他们拿出一生的积蓄，付了全款，买下这间八十平方米的房子。

不大，但足够成为一对小夫妻的幸福小窝。

日子是双方父母选的，大吉。

拍完了婚纱照，寄完了请帖，布置好了婚房，订好了结婚的酒店，一切都准备妥当了。

我们都松了一口气。

胡悦要去闺蜜家里，帮闺蜜试试伴娘装。

我自己留在家里玩游戏，我已经好几天没上线了，队友肯定骂死我了。

但没想到，米璐砸开了我的房门。

米璐是我很早之前认识的女孩，虽然我们没有正式成为男女朋友，但一直暧昧，上过几次床。

后来我和胡悦谈恋爱了，就和米璐坦白，我迫不及待地想要结束和她的关系。

大概是我如此急切地想要甩掉她，让她受到了伤害。

她不答应分开，一直缠着我。

我不厌其烦，只能逃避，想着我高调结婚之后，她自然就没办法了。

女人就是这样，不到最后一刻，她们总是不死心。

我不知道米璐是怎么找到婚房的。

无非还是那一套，哭，闹，寻死觅活。

我看多了，懒得理她。

她跌倒在地上哭，我也不去扶她。

她突然就不哭了，盯着婚房的布置、墙上的喜字，看了半天，突然开口，行，都到这个份上了，我祝你幸福。

我松了一口气。

米璐盯着我，但我有一个要求。

我一愣，不知道她要干吗。

她突然就扑过来，开始亲我，撕我的衣服。

我猝不及防，她疯狂但又冷静。

我不知道当时我是哪根弦搭错了，竟然顺从了她。

她在我身上痴缠的时候，我内心深处竟然也有一丝舍不得，有了这个念头之后，我换到了主动的位置。

胡悦开门进来的时候，我光着身子，如一个骑士。

胡悦手里拎着的夜宵，跌落在地上，是我爱吃的关东煮，味道弥漫开来，我能闻到里面有咖喱鱼蛋、牛肉丸，还有甜不辣和鱼豆腐。

我停止了动作，愣在关东煮的气息里，但是米璐的动作没有停，甚至更夸张地叫了起来。

婚没结成。

胡悦也没有跟外人说起我们突然就不结婚的真实原因。

她维护了我最后的体面。

我和父母的关系本来就算不上太好，尤其是和我爸，几乎说两句就吵起来。

加上我婚又没结成，让父母在亲戚朋友面前，尊严尽失。

突然中断的婚礼，把维系我和父母之间的最后一丝纽带也拉断了。

从那以后，我像是失去了束缚，竟然也觉得无比自由，我得以更肆无忌惮地挥霍我注定失败的人生。

我自暴自弃了好长一段时间，才重新找回活着的勇气。

我没有怪米璐，甚至在我最难熬的日子里，她还在我的婚房里，在我的床上，给我安慰的同时，也给我讽刺。

既然要讽刺我，那就讽刺到底吧，我配合着，自虐着。

从那以后，我开始了游戏人生。

身边永远有不同的女人，我用尽各种方法讨她们欢心，在哄上床之后，再用尽各种方法逼她们离开。

此刻，我坐在我曾经的婚房，如今的垃圾场里，努力驱赶着这些回忆，都已经过去了，管他呢。四个多小时以后，我可是要体验"放肆二十四时"的人。也许，这也是上天给我的奖赏吧。

时间过得很慢，我没有事情做，随手翻房子里好久没打开过的柜子。
胡悦走后，我几乎没有正眼看过这间房子。
它是一个更大的讽刺。
谁也不愿意和一个讽刺混得太熟。

柜子里，有我爸的一台双反相机，德国的一个牌子，很多年了，老气横秋的味道。
我爸当年花了好几个月的工资，买下这台相机，每天拿着相机到处转悠，恨不得把一切都拍下来。
甚至还专门请假回到农村老家，拍长满了粮食的土地，拍遛弯儿的邻居，拍屋梁上建巢的燕子，拍断了尾巴的老牛，拍村头被遗弃的石磨盘。
也因为痴迷于拍照，而断送了在机关里升职的机会。
因为我要结婚了，我爸说，结婚以后，你就有自己的人生了。
我爸把他视若珍宝的双反相机送给我，甚至兴师动众地把婚房里的储物间，改成了洗照片的暗房。他希望我能成为一个摄影师。
对于光影，我倒是有一些天赋，但我偏偏不喜欢，觉得拍照太无聊，洗胶卷又麻烦，想起来就拍两张，更多的时间还是在忙自己的事情。
我爸渐渐也就打消了这个念头。
双反相机就被我锁进了柜子里。

还有一个翻盖手机，早已经开不了机了。手机上挂着一个手机链，来电话的时候会亮灯那种。
翻盖手机流行那会儿，我买了这个手机，当作生日礼物送给胡悦。她很喜欢，爱不释手，下载了好多她爱听的歌放在里面，没事就听个没完，听的时候，脸上总带着微笑。

我不想再看下去了，就把柜子关上了。

莫名其妙地走进厨房，此前，我几乎是从来不进厨房的。

翻翻看看，厨房的碗柜里，有一本泛黄的笔记本，打开，是我妈手绘的菜谱，如同武侠秘籍，图文并茂，连附近菜市场的分布图都有，哪里能买到新鲜的海鲜，哪里能买到便宜的蔬菜，都标记得一清二楚。

这本菜谱是我妈送给胡悦的。

理由是，里面的菜都是我爱吃的。

胡悦曾经发誓要做个好媳妇，作为好媳妇的第一要务就是，要系统地摸清楚我的口味，央求我妈把所有我爱吃的菜，都教给她。

谁都要承认，在爱面前，女人实在太有创造力了。

我妈花了一个多月，手绘了这本菜谱，交给胡悦。

胡悦如获至宝，买齐了锅碗瓢盆，搞得好大阵仗，每天研究，试验，我不得不每天都吃她失败的黑暗料理，一个礼拜有三天跑肚拉稀。

她乐此不疲，以爱的名义让我全部吃掉。

我想，爱也能提高人类肠胃的耐受力。

在她学会所有的菜之前，我们分开了，一切都戛然而止，从那以后，我很少进厨房。

我不知道我算不算亲手毁了自己的生活，但我已经不会再自暴自弃了。

我学会了对过去痛苦的免疫疗法——

不想，不看。

它们想折磨我，我就屏蔽它们。

终于熬到了午夜十二点。

我的"放肆二十四小时"，正式开始。

我几乎没怎么计划，但既然是放肆，那就应该有个放肆的样子。

我脑子里第一个蹦出来的念头，就是"速度"。

我租了一辆超跑，开到了白天鹅中心，那里住着几个我相好的女孩。

虽然我并不是她们唯一的客户，但她们有本事让你宾至如归，觉得你就是她们所有人的唯一。

　　她们称呼你欧巴，老公，哥哥，一切你喜欢的亲昵称呼。

　　我从不评判女孩对自己人生的选择，因为有时候，人生就是让你别无选择。

　　跑车以飞驰的速度，奔袭在夜色中的马路上。

　　三个女孩高声大叫，兴奋莫名。

　　她们心和身体的G点都很低，很容易就被触碰到。一旦触碰到，她们就会展露出一种接近癫狂的魅力，这种魅力只属于年轻女孩。

　　一个女孩挥舞着手里的丝质围巾，好像要在夜空里，拉起一道彩虹。

　　一个女孩随着跑车里劲爆的舞曲，索性站起来，扭动着腰肢。

　　一个女孩和并排车里的两个男人高声对骂。

　　我哈哈大笑，这才是生活啊。

　　我很兴奋，忍不住把油门又往下踩了踩。

　　远处，一辆车的远光灯射来，很刺眼，突然间，我感到一阵短促而剧烈的头疼，不知道是不是因为过于兴奋，我耳朵里好像有了稀奇古怪的耳鸣声。

　　一会儿是短促连续的电子音，一会儿又是不知什么动物的呼吸声，一会儿又响起水滴滴落的声音。

　　我拼命摇头，努力驱赶着那些古怪的耳鸣声，我要享受这个夜晚，这个疯狂之夜，是属于我的，在这个夜里，我就是唯一的王者。让那些鄙视我的人，都滚蛋吧。

　　我和女孩们在路上奔袭，跑车停下来，我们就当街小便，在空白的墙壁上涂鸦，写脏话，咒骂短暂的人生和糟糕的城市规划。

　　我们去了夜店，开了一个大包，玩过火的游戏，在躁动的音乐里跳舞。

　　我拿着话筒，搂着女孩的细腰，声嘶力竭地唱烂俗的歌曲，另外两个女孩给我伴舞，一边跳，一边把脱下来的衣服朝我扔过来。

　　我越唱越大声，嗓子都哑了，竭尽全力驱赶耳朵里的耳鸣。

　　女孩们嘴对嘴给我灌酒，我们都喝到烂醉。

酒意上涌，我埋首在三个女孩的波涛汹涌里，我想要淹死自己。

牛仔裤越来越紧，我气急败坏地要脱掉它，女孩体贴地过来帮忙，我突然就摸出了那个翻盖手机，我不知道是什么时候把它带在身上的，更奇怪的是，手机链莫名其妙地亮了一下。

我觉得那道光很刺眼，耳鸣声更严重了。

我跌跌撞撞地跑出去，女孩们继续狂欢，没有理会我。

夜风里，我扶着路灯，狂吐，几乎把肠胃里所有的东西都吐光。

夜风一吹，我猛地有些清醒了。

我拿出那个翻盖手机，摩挲着，打开，黑色屏幕里一片死寂，如同那段逝去的感情。

手机链又亮了一下，像是一段能唤起什么的电波，我脑子里，突然冒出一连串古怪的、但又急不可耐的念头。

我抬手，看看腕表，凌晨四点了，天就快亮了。

我跳上我的跑车，却发动不起来，一看油表，没油了。

尽管我头痛欲裂，但我脑子里的念头催促着我，我一刻也不能耽搁。

我叫了一辆车，赶到中关村。

我砸开手机维修的卷帘门，小哥睡眼惺忪，一定觉得我脑子有问题。我把翻盖手机递给他，几乎是下命令，帮我充好电，修好。

他愣了愣，接过手机来，嘲笑我，这玩意儿都绝迹了，修不了。

我哆哆嗦嗦地掏出钱包，把里面几乎所有的现金都丢给了他，一定要修好，求求你。

他呆了，接过钱，愣了愣，答应我，行吧，你下午来拿。

我回了一趟婚房，风风火火地打了个背包，把我要带的东西，一股脑都装进去。

我赶到机场，用信用卡买了最早的航班。

飞机起飞。

我心潮澎湃，想要睡一会儿，却发现自己根本没有睡意，我心跳得厉害，耳鸣越来越严重。

我回到了农村老家，神奇的是，耳鸣虽然没有消失，但心跳却瞬间安静下来，我觉得很平静。

我和我爸都在这里长大。

这个村子交通还算可以，没多少人家，有山，也有水。

邻居们都彼此认识，谁家有了新媳妇，全村人都跟着高兴。

我一直到上大学，才离开老家，来到城市。

那时候，我渴望着离开那里，小地方，安静但也无聊，一切都像是静止的，我觉得这个地方困住了我，困住了我不羁的灵魂，我发誓要离开这里。

我已经很多年没有回来过了，这次回来，发现村子仍旧像个守旧的老人一样，没有什么变化。

房子还是那些房子，老旧，但坚固。连气味都一样，泥土的味道，谁家做饭的味道，土地里粮食长得欢腾的味道，一股脑扑过来，和童年一模一样。要是闭上眼睛，会觉得自己根本就没有长大。

一切都没有变，只有路两边的梧桐树又粗了几圈，那大概是时间流逝的唯一证据。

我端起我爸的双反相机，学着我爸夸张但确实有效的拍照姿势，对着这个养大我爸和我的村子，开始拍照。

我拍了一眼就能看到底的街道，拍了街道两旁墙壁上"计划生育""鼓励二胎"两种新旧交替的标语，拍了街头下棋的老头，交头接耳的邻居，担水浇地的大爷。

我拍了家里的祖宅，拍了那口一直供养着整个村子的老井，拍了长相依稀认得，却分不清究竟是谁家的孩子。

我拍了长满了粮食的土地，拍了屋梁上建巢的燕子，拍了断了尾巴的老牛，拍了村头被遗弃的石磨盘。

拍了一切我爸曾经拍过的事物。

拍照的时候，我感觉，我就是我老爸，我用他的眼睛看，用他的鼻子闻，用他的身体感受。

我好像从来没有如此接近过他。

我爸常说，拍照的时候，你会觉得，你多了一双眼睛，能看到别人看不到的东西。

我以前嗤之以鼻，觉得这是胡言乱语。

但现在，我看到了，我看到了那些我爸迷恋的风景。

我很想告诉我爸，爸，我真的看到了。我开始有点理解你了。

我不敢逗留太久，我买了最近的航班飞回去。

落地已经下午三点了。

我冲到中关村，他们说，手机修好了，但有密码。

我抢过来，盯着像素低到眼睛已经不适应的屏幕，试了无数种组合，却没有打开。我急得团团转，拼命回忆我和胡悦的一切。

终于，一串数字出现在我脑海里：1125，胡悦的生日。

我朝圣一般输入了这四个数字，它们像是一串通关密码，虽然我不知道它们会带我通向哪里，但手机解锁了。

糟糕到无法形容的画质里，是我和胡悦的点滴。

我们在两家公司的联谊活动里相遇，我使出浑身解数，用力过猛地讲笑话，拼命逗所有人笑，其实只是想引起她的注意。

我们在一家老夫妻开的羊肉面馆里吃苏州羊肉面，要白切羊肉的，加很多醋。

我们一边吃面，一边看外面行色匆匆的上班族，品评路过女孩的装束，幻想着他们拥有什么样的人生。

我们在租住的出租屋里，拥抱，亲吻，点燃彼此身体里压抑已久的熊熊烈焰。她咬破了我的肩膀，扯掉了我衬衣的扣子，我撕碎了她的丝袜，来不及脱下她缠满了鞋带儿的靴子。我们以一种近乎滑稽的姿势，互相打探彼此的身心。

我们在大雨天的被窝里赤裸相对，纠缠，交换体温和人生意见。我们分享着彼此的前半生，幻想着未来生活的每一个细节，包括我们生下孩子的名字，卧室窗帘的颜色，结婚纪念日要如何与众不同，我要给她买好看的项链，她要穿最狂野的情趣内衣。

我们在大雨中的国家地质公园里闲逛，冲进雨雾混合的迷梦里，我们隔着雨水和雾气高声叫着彼此的名字。我们在山脚下一个隐蔽的山洞里，急不可耐，匆匆忙忙地亲吻，我们心跳贴着心跳，她任由我横冲直撞地进出她的身体和灵魂。

我们有无数张合影，每一张合影，都是一个美好瞬间的定格。

离开国家地质公园，我买了这条手机链给她，我说，我打电话给你的时候，它就能亮，它亮了，就代表着我的心也跟着亮了一下，那么你的心也会亮一下，我们就能交相辉映。

直到那个"意外"，撕裂了一切，把这些被合影定格的美好瞬间都变成了恶意的提醒。

她控制不了自己的情绪，整夜整夜地不睡，浑身发抖地流眼泪，早上枕头都是湿的。她半夜起来，把婚房墙上的喜字都撕掉，砸碎了厨房里所有带着鸳鸯的碗。她无休止地要求和我做爱，咬破我的嘴唇、我的肩膀，拦住我的手，哭喊着，就在里面吧，给我一个孩子，这样你就永远都不会离开我了。

她会努力装作若无其事地给我做精致的早饭，看着我吃完，像个贤妻一样，提醒我下班回来要买什么菜。

她会突然间情绪失控，上一秒还有说有笑，下一秒就歇斯底里地哭倒在地，残忍地抽自己的耳光。

一切都是我害的。

是我把她变成这样的。

我才是罪魁祸首。

但为什么要让她成为那个最痛苦的人？

那个晚上，她照着我妈的菜谱，做了一桌子我爱吃的菜，有些发挥得很好，有些依然失败。

她开了一瓶酒。

我们平静地坐在餐桌前，她给我夹菜，看着我吃。

我拼命地咀嚼，好像要把一切不如意都吃掉，然后闹一阵肚子，我把坏事都冲进马桶里，就什么都好起来了。

她不肯吃，只是一杯接着一杯地喝酒。
一边喝，一边无声地流眼泪。
我不知道怎么了，突然觉得我要疯了，我猛地站起来，连外套都没有穿，就冲了出去。

我知道这是分手饭了。
我不敢回家，我没有脸挽留，也不敢面对。
我找了一家酒吧，拼命地喝酒，想要灌醉自己。
酒精可以是男人的春药，也可以是麻药。

等我天亮回家的时候，家里整洁万分，她带走了自己的一切痕迹。
空气里都是柠檬味空气清新剂的味道。
连味道她都不肯留给我。

翻盖手机留在桌子上，上面是那条手机链。
我知道，我再也不能让那条手机链亮起来了，我再也不能让我的心和她的心一起交相辉映了。

我合上手机，我没有哭，我没有脸哭。
我跌跌撞撞地走在路上，我心里似乎要做一个什么决定，但是又不知道那具体是什么。

我脚下一崴，摔倒在地上，我妈手绘的菜谱滑落出来，风吹开了几页，即便是最简单的圆珠笔画出来的粗糙图形，我依然能闻到饭菜的香味。那些家常菜，都经过我妈改良的，改良到最适合我的口味。
这本菜谱本来是两个女人之间的秘密仪式，某种关于传承的仪式。通过我的口味，就能对我的内心世界了如指掌。

胡悦走后，我再也没有做过饭，我想有些东西，可能永久失传了。

我脑子里的念头突然间清晰了。

按图索骥，我去了菜谱上标注的菜市场。

❤ 我先爱为敬

跑了四个地方，才买齐了食材。

我大包小包地拎回家，放进厨房里。

随即一头扎进我爸给我设计好，我却从来没有正经用过的暗房。

我不知道那些冲洗的药剂有没有过期，也不知道照片有没有过曝。

在一片红光里，我胆战心惊地冲洗着我在农村老家拍的照片。

我很幸运。

照片都不错，光线都很好，它们甚至超越了我的正常水平。

我仔细端详了一会儿，把照片都晾起来。

乱成一锅粥的家，我突然再也看不下去，好像我第一次发现家里乱成这样似的。

我开始收拾。

身体像上了发条，完全不知道累。

我无师自通地明白，原来收拾屋子，是一件挺有意思的事儿。

几乎每一次收拾，都能发现一些被你遗忘的物件儿，有的是你半夜里不小心丢到床底下的，有的是朋友来做客时遗留的，有的你甚至不知道它们来自何方。它们的存在，本身就成了一个接着一个的秘密。

这些秘密让收拾屋子这件小事，有了一种哲学况味。怪不得哲学家总想着拿一颗纽扣窥探人生的整个真相。

我把脏衣服都洗干净，晾在阳台上。

洗衣液的香味在阳光的鼓舞下飘散到房间里的每一个角落。

我把洗好的照片，放进了相框，摆在了合适的位置。

家里恢复了它本应该有的赏心悦目。

看看表，已经六点多了。

我拿起翻盖手机，翻箱倒柜找到合适的卡槽，鼓足了勇气，用旧手机上糟糕的拼音输入法，给我爸、我妈、胡悦，各发了一条短信：

我做了一顿饭，来家里一起吃个饭吧。

发完，我不敢就这样等待，我必须要忙碌起来。

我冲进厨房，围上围裙，按照我妈详细的菜谱，择菜，切肉，准备调料，开始做饭。

恍惚之间，我觉得自己像是个帝王。

土豆是我的宰相，西红柿是我的大内总管，芹菜是我的御林军，五花肉是我的弄臣，娃娃菜是我的文武百官。

我在厨房里，了悟人生似的，发现了原本只有我妈，只有胡悦，才能发现的美。

她们是厨房里的女王。

我想像个忠臣良将一样，和蔬菜一起，跪倒在她们面前，高喊着，Long may she reign.

我把饭菜摆上桌，开了一瓶酒。

我把旧手机连上音响，播放着胡悦当初收集了好久的歌儿，年代感扑面而来。

我紧张极了，不停地看墙上的钟表，来来回回调整着座椅和饭菜的位置，吹毛求疵地检视着家里的摆设，我想让我爸一眼就能看到我拍的那些照片。

我把窗户打开，让厨房里的油烟散出去。

我把餐桌擦得锃亮。

我像有强迫症一样，把酒杯摆成一条线。

一切终于妥当了，我再也没有可以消磨时间的法子了。

我看看表，已经八点四十了。

我爸，我妈，胡悦，都没有来。

我有些害怕，我看了看手机，他们都没有回复拒绝的消息。

没有拒绝，那就是答应了。

我要有点耐心，这么多年，我缺少的就是耐心。

我只需要安静地等待。

等待，让我得以有时间整理自己。

我想了很多，我想怎么跟我老爸道歉，我要告诉我爸，我懂你了，我想做个摄影师了。我会善待你的双反相机。我一定拍得像你一样好。

❤ 我先爱为敬

我想跟我妈解释我这么多年来的荒诞不经，并且保证以后要重新开始新的生活。我还要让我妈知道，妈，你这本菜谱就是绝世的秘籍，厨房就是你的江湖、你的国家，你仅仅是在厨房里，就能轻易完成一段传奇的史诗。

我想告诉胡悦，对不起啊，我当时太傻了，我伤害了你，我失去了你，这已经是我最惨痛的代价了，我可能要用整个后半生才能好起来。我后悔没能和你继续接下来的人生，我后悔没有跟你吃完那顿分手饭，我后悔没能像个孩子一样抱着你的腿，号啕大哭地不让你走，求你留下来。我后悔遇见你，我要是不遇见你，你就不会被我如此残忍地伤害到体无完肤。

但我认了，我接受我接下来的人生，我不挥霍了，不游戏了，我会好好活着，像热爱你一样热爱我的生活。我也祝你幸福，祝你有一双儿女，祝你爱着的人也同样爱着你。

大概是太累了，加上一夜没睡，我突然好困。
在翻盖手机的音乐声中，我趴在餐桌上，沉沉睡去。

我以前也很容易入睡，但要么是因为酩酊大醉，要么就是累到了生理极限，我甚至觉得睡觉对我来说，就是浪费时间，没有什么幸福感可言。我尽可能地晚睡，基本上没有做过什么好梦，我的生活中也从来没有过上午。

但这一次，我睡得很香，我想，这就是床垫广告里说的，婴儿般的睡眠了吧。
我做了好多美梦。
我梦见那天，我让米璐明白，我此生唯一的真爱就是胡悦，我送她离开，她冲我挥手，我和胡悦如期举行了婚礼。
晚上，胡悦和我妈，在厨房里做饭，我妈讲解着每一道菜的火候。
我和我爸就谁是街头摄影的王者，争得面红耳赤。
我和胡悦送爸妈回家，然后回到只属于我们两个人的幸福小窝。

直到，我被已经循环到播放列表第一首的音乐叫醒。
我迷迷糊糊，抬头看表，已经是午夜11:55了。

我有些慌了，看看手机，没有回复。
我爸，我妈，还有胡悦，都没有来。

他们是不是还是在怨我，还是不能原谅我。

我爸妈不想再一次对我失望。

胡悦不想再触动她的伤口。

我能理解，我都能理解，这是我应得的，称之为报应也好，活该也好，我接受，我都接受。

人总要为自己犯过的错误付出相应的代价。

但我还是很难过，我不知道我该怎么处理这一桌子的菜，我不知道我该怎么面对如此整洁的房子，我不知道我要怎么才能鼓起勇气来，迎接接下来的生活。

我想，等过了十二点，这个操蛋的"放肆二十四小时"结束，我就应该回到以前游戏人生又麻木不仁的生活里去，任由我自己挥霍，腐朽，只有这样，我才能继续活下去。

我哭了，我很久没有哭得这么声嘶力竭了。

但奇怪的是，除了耳鸣声，我发不出任何声音，我只能无声地流眼泪，我整个人像是被按了静音键。

我哭着站起来，打算把饭菜都倒掉，接受我接下来的宿命。

门，突然响了。

我以为我听错了，我呆住，竖起耳朵仔细听，耳鸣声却又响起来，我有些痛苦，但屏住呼吸努力地听着，我担心这是我的幻觉。

门，又响了。

我听见我妈叫我的小名，我听见胡悦悦耳的笑声，我听见我爸因抽烟而总是带着的咳嗽声。

我手忙脚乱地放下饭菜，冲过去开门，因为太激动，差点被凳子绊倒。

我踉跄着到了门口，右手放在门把手上，因为紧张而浑身颤抖，耳鸣声更强烈了，我用左手扶住了右手，慢慢地打开了门。

一团耀眼的光芒，如拥抱一般把我围了起来，吞没了我，折磨了我一整天的耳鸣声，一下子就消失了。

❤ 我先爱为敬

世界很安静，一切都好像无声静默起来。

我看着眼前的光芒里，我爸，我妈，还有胡悦，都笑着看我。

我也笑了。我觉得我无比幸福。

墙上的时钟，秒针刚好滑过12:00。

咔嚓。

医院的临终病房里。

一个年迈的老头，身上插满了管子，点滴正在滴落，周围都是跳跃着、响动着的仪器。

病床上，摊开着一本相册，照片上，都是农村老家的平凡风景。一本手绘的菜谱翻开着，安放在床头。一个带着手机链的翻盖手机，被老人紧紧握在手里。

床边，坐着一个白发苍苍的老太太，正在读着一本名叫"PLAY LIFE"的小说，老太太的声音温润如玉：他们就这样，从此过上了幸福的生活。

合上书，仪器上短促响动的电子音也消失了，心电图上，那条波折起伏的曲线，终于变成了一条坦途。

除了阴天和雨天，从来都不迟到的阳光从病房的窗户里斜射进来，明亮，温暖。

老太太握紧了老头干瘦的手。

老头的眼角，一滴眼泪滑落。

护士们走进临终病房，熟练地处理着一切。

老太太缓缓走出来。

一个护士迎上，递给老太太一份文件，您好，这是李先生的死亡证明，请亲属签一下字。

老太太接过文件，顿了顿，说，他没有儿女，也没有亲属，这个字，我来签吧。

护士一愣，您是死者什么人？

老太太缓了缓，说，我是他的……老朋友。

死亡证明上，老太太颤颤巍巍地签下了自己的名字。

04

人生几重

每个人都有故事，只要你有办法让他们说出来。

二十九岁的周小尔坚信这一点。

她在一家名叫"真实故事"的纪录片制作公司做策划，每个月都抓破脑袋，想要找到有趣的人，挖掘他们身上的故事。然后拍出来，传播出去，被赞扬，被讨论，被消费。

真实自有千钧之力。

这是"真实故事"的slogan。

尽管，并非每一部纪录片都能做到客观，大多数时候，为了效果，都存在着引导和摆拍。

"真实"有时候会让人无聊。

让受众笑和哭都不难，做这一行时间久了，就无师自通地学会了操纵别人的情绪。

说起周小尔，同事们都会说她人很好，很温和，很客气。

周小尔和所有人都合得来，保持着一种客气的疏离。

这大概是大都市里典型的人际关系——

人和人之间都互相尊重，一团和气，正正经经，客客气气。

越来越难和年轻时的狐朋狗友那样交心，吐槽女朋友的罩杯，男朋友的尺寸。

周小尔有个闺蜜，叫谷米。

两个人认识多年，无话不谈，周小尔曾经放出豪言：

"如果找不到合适的男人，我就把自己掰弯，和你在一起。"

谷米也痛快答应了。

但是周小尔的男朋友很快就出现了。

三个人常常一起出没于大街小巷。

没过多久，周小尔把男朋友变成了前男友。

而这不是重点。

重点是，周小尔惊讶地发现，前男友和谷米在一起了。

严格来说，这算不上"抢了闺蜜的男朋友"这种狗血戏码。

但是周小尔却觉得自己受到了成吨级的伤害。

她把男朋友所有的反常，两个人的争吵，以及最后的分手，都串联起来，最后归纳分析推理出一个结果——

谷米和他一定是早就好上了。

但为了逃避内疚，就故意等到周小尔和男朋友分手以后，再和他在一起。

周小尔惊讶于自己的推理能力。

人总觉得狗血的剧情不会发生在自己身上，所以当事情发生的时候，人才会措手不及。

周小尔也往好的地方想过，也许，他们真的是在我和他分手后才在一起的。就算男朋友背叛我，谷米也不会背叛我。

但周小尔说服不了自己，她觉得自己是普通女人。

女人本来就是这样贪心，少了什么都不行，男人想要，闺蜜也想要。

最终，男人和闺蜜一起失去了。

周小尔几乎是歇斯底里地和他们断绝了往来。

从此，过上了一个人的生活。

她想起念书的时候，教科书里那个"装在套子里的人"。

她当时不明白，现在她觉得自己就是这个人。

她甚至恶毒地想，我就要把自己装在一个透明的安全套里，谁也别再想伤害我。

前男友和谷米也知趣地消失了。

周小尔不能停止地恨他们——

你瞧啊，人和人之间的关系，就是这么脆弱。

什么感情，什么友情，不就是靠着一串电话号码，一个微信号来维系吗？

拉黑了，就什么都没有了，干净得像是从来没有存在过。

一年以后，前男友再一次出现在周小尔面前，已经瘦脱了相。

看到前男友的样子，周小尔觉得自己是赢家，知道你过得不好，我心里好受多了。

直到前男友说了一句话：谷米生病死了。

在看到谷米的遗体之前，周小尔一直觉得前男友在说谎。她脑子里甚至蹦出来一个完整的剧情，他们为了让自己原谅，就编造了这样蹩脚的谎言，真是好笑。

遗体告别仪式上，她看着谷米，躺在那里。

她没有哭，她什么情绪也没有，她脑子是蒙的。

几天以后，难过才从心底泛上来。

她吃不下饭，听歌也会流眼泪，睡不好，闭上眼就听见谷米对自己说话。

"如果找不到合适的男人，我就把自己掰弯，和你在一起。"

一个礼拜后，周小尔看到谷米在墓碑上对自己笑的时候，才终于相信，自己彻底失去谷米了。

自那以后，周小尔对爱情失望，对友情恐惧，动感情太累，还是工作最实在，工作能挣钱，挣到钱什么都好说，手里有粮，心里不慌。

有人爆料给周小尔，说有个叫胡辣的男人，很疯狂，跟别人不一样，以

"游戏人生"为己任，做出很多匪夷所思的事情，为此不惜花光积蓄，就连女朋友都跟他分手了。

太好了，典型人物，周小尔觉得，这个胡辣一定有故事。

周小尔在一间医学实验室见到了胡辣，胡辣签好了免责协议，正要体验一次男人分娩，让男人感受一下女人分娩时的痛苦。

周小尔愕然地看着裸着上身，身上贴满了感应器的胡辣，痛得表情扭曲，惨叫声连连，最后几乎是吓了所有人一跳，小便失禁了。

没带换洗的裤子，胡辣也满不在乎，喃喃自语地往外走，原来是这个感觉。

周小尔连忙跟上，说明了来意。

胡辣看了周小尔一眼，冷冷地，又是记者，你们这样的人我见多了，总想着搞个大新闻，抱歉，我这儿真没有。

周小尔不肯罢休，我看了你的资料，上周你跳伞的时候，大小便都失禁了，可见你并不是一个胆子很大的人，你为什么要做这些？背后一定有故事吧？是为了公益？呼吁保护大自然？你是女权主义者？还是你接了商业炒作？多少透露一点吧。

胡辣看都不看周小尔，径直往前走，我没故事，我就是闲着无聊，想做，行吗？

周小尔又问，那请问你下一步的疯狂计划是什么？

胡辣哼了一声，吃一碗胡辣汤。

胡辣哧溜哧溜地喝着胡辣汤，周小尔就坐在他对面，审视着他，边看边感叹，你真是典型人物，就你这个造型，你做的这些事情，要是拍出来，一定能火。你不想火吗？

胡辣自顾自地喝着胡辣汤，不答话。

周小尔一路跟着胡辣，胡辣脚步飞快，周小尔索性脱了高跟鞋，拎着，疾步跟在后面。

穿过几条胡同，还是跟丢了。

周小尔累得瘫软，坐在地上，给自己小组的制片发了个微信：

亲爱的，我找到素材了，这几天不坐班。哦对了，麻烦你让小李帮我查点东西。

第二天，一大早，周小尔敲开了一扇门。

胡子拉碴的胡辣打开门，看着站在门口拎着早饭的周小尔，愣住，你怎么找到我的？

周小尔晃了晃手里的早饭，还没吃早饭吧？

说着就往里走。

胡辣的小公寓，乱成一团。

脏衣服堆在地上，垃圾桶里满满的泡面盒，屋子里的一面墙上，贴着一张大地图，地图上，红黑签字笔画满了线条。

周小尔把早饭一放，忍不住就要开始拍那张地图。

被一只手拦住。

胡辣有些不高兴了，你这是私闯民宅知道吗？赶紧走。

有些粗鲁地拉着周小尔往外推，周小尔挣扎。

两个人推搡到门口，又有人敲门。

胡辣放开周小尔，开门，门口站着一个女人，看了胡辣一眼，说，我来拿回我的东西。

胡辣闪开，女人走进来，看到了周小尔，又看到了桌上的早饭，没说话。

胡辣转身去屋里给女人拿东西。

女人打量着周小尔，周小尔客气地对着女人笑了笑。

女人没说话。

胡辣把一包东西递给女人，问，还有什么吗？

女人冷冷的，没有了。

转身要走，突然停住，对胡辣说，我劝你该停下来了，要不然迟早把自己作死。

胡辣没说话。

周小尔却开了口，你怎么说话的？每个人都有实现自己人生价值的生活方式。

❤ 我先爱为敬

女人冷笑，看着周小尔，你哪位？

周小尔递上话，我是他女朋友。

胡辣一愣。

女人笑了笑，行啊你胡辣，找到新欢了。

随即，又对周小尔说，我奉劝你一句，劝劝他，不要再作了，不然你们俩迟早也得完蛋。再见。

女人"砰"地关了门。

周小尔看看胡辣，问，你前女友？很凶啊。

胡辣耸耸肩，一言不发地收拾东西，准备出门。

周小尔连忙跟着，你是有了新的疯狂计划了是吗？

周小尔跟着胡辣来到了庙里。

胡辣很虔诚地在佛像前叩拜，嘴里低声念叨着什么。周小尔仔细去听，却根本听不清。

胡辣又到了教堂，坐在椅子上，祈祷着什么。

一天的时间里，周小尔跟着胡辣去了城市里几乎所有的庙和教堂。周小尔更确信，胡辣可能精神有些不正常。

长久的工作经验告诉周小尔，越不正常的人，就越能引起人们的兴趣。她决定跟到底。

到了晚上，周小尔跟着胡辣吃了胡辣汤和烧饼，又在马路上溜达到大半夜，胡辣终于拨通了一个电话。

周小尔仔细听，只听胡辣"嗯嗯啊啊好好"的，也不知道究竟说了什么。

胡辣挂了电话，疾步往前走，进了胡同，七拐八拐，走进一个简陋招牌的足疗店。

周小尔看着足疗店的牌子，有些慌乱，不会吧？

跟着胡辣进去，有个女孩出来招呼，你好，两位贵宾，请问有预约吗？

胡辣说，李哥介绍的。

女孩会意，招呼胡辣，贵宾，这边请。

女孩领着胡辣上了二楼，周小尔要跟，却被拦住，不好意思小姐，二楼是VIP区，您有我们的会员卡吗？

周小尔呆住。

周小尔坐在大堂里，一个手劲儿十足的阿姨正在给她捏脚，周小尔疼得一迭声地叫。

看看表，终于忍不住了，趁着服务员不注意，鞋也不穿，光着脚一溜小跑冲上了二楼。

服务员在身后追。

二楼，周小尔一个包间一个包间地找，冲进第四个房间的时候，看到眼前的一幕，一时间反应不过来。

胡辣光着膀子，身上全是火罐，正在和两个穿着白色短袖衬衫、黑色丝袜的女孩斗地主。

走出足疗店，周小尔不依不饶地问，你嫖了？

胡辣不说话。

周小尔感叹，我能理解你，男人嘛，有需求。注意卫生就行。嗳，你说这里卫不卫生啊？

胡辣停住脚步，看着周小尔，你有完没完？我白天已经求得佛祖和耶稣的原谅了。

周小尔呆住，噢，我说白天你在那儿叽里呱啦地念叨什么呢。你觉得佛祖和耶稣能原谅你嫖娼这事儿吗？你放心，我就当没看见。

胡辣无奈地摇头，不理她了，继续往前走。

等胡辣回家睡觉，周小尔也回了家。不过她睡了两个小时就醒了，打电话给公司制片，亲爱的，你帮我约个心理医生。不是我，我去了解一点事情。

您觉得这是病吗？

周小尔求知若渴。

心理医生想了想，你说的这个病人吧，可能过不了平静的生活，喜欢体验不同的事物。没准儿他是个绝对自由主义者。

绝对自由主义者？什么意思啊这是？

就是不愿意被任何人和事牵绊，只管自己，只活自己。

周小尔听得似懂非懂。

周小尔缠着胡辣，跟胡辣一起做了一些说出来让人几乎无法解释的事情。

比如，连续吃三天的黄桃罐头，最后上厕所都是一股黄桃味。

比如，去玩具店买了一大堆2—6岁儿童的玩具，在大街上玩得忘乎所以，全然不顾路人愕然的眼光。

在一次长达三个小时的漂流结束以后，胡辣终于病倒了，诊断是肺炎。

胡辣在病床上昏睡，发着高烧，周小尔叫不醒胡辣，打不开胡辣手机的密码，找不到胡辣家人的联系方式。

没有办法，只好自己照顾胡辣。

为了挣钱，都是为了挣钱。

周小尔劝慰着自己。

给胡辣翻身的时候，周小尔发现胡辣身上伤痕累累，新的旧的都叠在一起。

没来由的，周小尔突然有些心疼这个至今仍旧很陌生的男人。

周小尔连忙摇头，驱散这种可怕的想法，自我提醒，母性，泛滥的母性，要不得啊周小尔。

第四天早上，胡辣醒了，摇摇晃晃地要下床。周小尔拦着，你这病还没好啊，有什么事儿等病好了再做不行吗？

胡辣摇摇头，三天以后就是12月17日了，时间不够了。

周小尔不解，什么不够？

胡辣不说话，起身就要走。

周小尔把胡辣按倒在床上，得得得，你说吧，什么事，我帮你还不行吗？

胡辣有些不可思议地看着周小尔。

周小尔连忙解释，不过太难了我可做不了啊。

租了车，周小尔开着，胡辣还很虚弱。

车在超市前停下。

两个人冲进去，大包小包地买了一大堆东西，水，面包，零食。

夜色中，马路上车辆稀少。

周小尔开着车，后座上，胡辣还挂着点滴，沉沉睡去。

周小尔打了个哈欠，连忙搓脸让自己清醒，猛灌红牛。

看看后视镜里的自己，低声感叹，周小尔啊周小尔，你一定是疯了。

胡辣开车，周小尔在后座，睡得张牙舞爪，打着呼噜。

胡辣难以置信，原来女孩也打呼噜啊。

租的车在半路上轮胎瘪了。

胡辣还带着病，没有力气，换轮胎时拧不动大螺丝。

周小尔抢过扳手，我来吧还是。

深夜，两个人瑟缩在车里，盖着一床棉被，吃着泡面。

周小尔吃得很痛苦，说，一股汽油味。

胡辣吃得很香，烧水的那个铁桶，以前装过汽油。

周小尔差点吐了。

车在路上，陷进了泥里，怎么开也开不出来，反倒是把汽油都用光了。

胡辣敲了敲油表，一筹莫展。

周小尔一言不发地把吃的喝的丢进背包里，看了看手机，不远了，我们走着去。

两个人互相搀扶，渺渺小小地走在路上。

胡辣问周小尔，你为什么肯帮我？

周小尔轻描淡写，你既然这么坚持，我想这件事一定对你很重要。人人都有在乎的事情。

那你在乎的事情是什么？

周小尔笑笑，挣钱啊。

17日一大早，终于到了盘山公路，山脚下，两个人互相拉扯着，从公路的斜坡，滑下去。

♥　我先爱为敬

周小尔看着眼前的一片荒芜，除了石头，就是一大堆灌木，疑惑，是这儿吗？

胡辣的表情变得严肃起来，点点头。

胡辣走到几块石头面前，就地坐了下来，周小尔不解地看着他。

胡辣有些筋疲力尽，沉默着。

周小尔像是被某种莫名的气氛感染了，在胡辣身后坐下来，不去打扰他。

胡辣开了口，事儿我都做了。

周小尔听着听着，风也渐渐大了起来。

一年前。

盘山公路，一辆吉普车。

车里，热闹得很。

胡辣开着车，副驾驶座上，坐着一个女孩，小腹微微隆起。

后座上，三个朋友叽叽喳喳地开着玩笑。

有没有什么事，是你们一直想体验，却没有胆体验的？

有啊，那太多了。我上次本来有机会沿着长江漂流的，可那天感冒了，错过了。再想去吧，就一直抽不出空来。

我也有我也有。上回我在YouTube上看了个视频，有个哥们儿连续吃了三天草莓，最后拉出的屎都是粉红色的。我也想变个法儿试试来着。

太恶心了你。

我其实吧，一直想……

说啊，吞吞吐吐的，是不是爷们儿？

总听同事们吹牛，说找小姐的事儿。每次吧，他们都不叫我。搞得我很好奇，我也想去叫个小姐，不，叫俩，不干别的，就跟她们斗地主。

切，真叫了俩小姐，你会只斗地主？谁信啊。就算你愿意，人家小姐也不愿意啊。

打住打住，当着我孩子的面，不准说这些。

女孩摸着自己微微隆起的小腹，转过身愠怒地瞪着朋友们。

胡辣连忙附和，就是啊，你们这些叔叔阿姨，要给我儿子做个表率，我看了书了，三个月的小孩，在肚子里能听懂人话了。

朋友们大笑。

有人说，我听说生孩子很疼啊，胡辣，你心不心疼你老婆？

胡辣笑，废话，我要是能替她，我就替她了。

"砰"的一声巨响，一块山上的落石，滚落下来，不偏不倚地撞到了车上。

车子失去了控制，翻到了山脚下。

胡辣坐在地上，说，我总算是做到了。

周小尔说不出话。

胡辣像是喃喃自语，我有时候做梦，他们这些话就老在我脑子里转啊转的。我就老想，为什么老天只让我一个活着呢？我想不明白。这个人哪，要是想不明白，就什么都做不了。吃不下，也睡不着。人就爱跟自己较劲。有一天早上，我突然就想明白了，老天不只是让我活着，老天是让我替我们几个一起活着。别人吧，他理解不了你，觉得你有病。我要是逢人就讲我为什么要这么干，我总觉得对我的朋友们是一种打扰。

周小尔看着胡辣，笑了，真有愿意苦自己的人啊。

胡辣摇摇头，我不苦，要不是我做这些事儿，我哪能熬过来。我想，这是他们送我的最后一个礼物吧。不然，我怎么觉着我活了好几个人的人生呢？

周小尔看着胡辣，心里好像有什么结，也突然就解开了，眼里就有了光。

周小尔去了谷米的墓，没说什么，就俯下身，亲了谷米的照片，走之前，在墓前放了一束花。

转身的时候，前男友也捧着花来了，还是那么瘦。

前男友看到周小尔，有些惊慌。

周小尔愣了愣，走上前，抱了抱他。

然后，转身走了。

走在路上，周小尔觉得很轻松，总算是放下过去了，也总算是放过自己了。

胡辣靠在车上，抽着烟。

周小尔走过去，一把夺了过来，扔在地上踩灭了，肺炎刚好，就抽烟，作死吗？

坐在车里，周小尔接到电话，周，你那个新的素材调查得怎么样了？

周小尔看看正在开车的胡辣，回答，哎，别提了，碰上个神经病。这个素材用不了了。

挂了电话，两个人一起哈哈大笑。

05

不如我们重新开始

市立图书馆很老了，据说老的建筑物储存了很多记忆，就像是城市的硬盘一样。

我每个周末都会来这里，读一本书，待到闭馆。

张老师每个周末都在这儿值班，戴一个红袖箍，透过老花眼镜整理着被访客弄乱的书架。

张老师是退休教授，如今被阿尔茨海默病折磨，忘记了很多事情，却保持了年轻时候的习惯，强迫症，习惯整理书架上的书，按每一本书的首字母排列。

每个人都得找点事情做。

我也一样。

我十二岁的时候，我爹送给我一台二手的傻瓜相机，相机成了我最喜欢的玩具。童年时，我几乎对着所有能见到的事物按过快门，把绝大部分的零花钱都花在了买胶卷上。

大学毕业之后，在结束了三年无趣的朝九晚五生活之后，我发现拍照能赚钱，而且并不需要多强的技术。

我很快找到了适合我的方向，给女孩拍人像。

女孩比所有生物都想留住一些东西，尤其是自己年轻时候的样子。

❤ 我先爱为敬

有个女孩告诉我，实际上，每一秒她都在老去，细胞每一秒都在更迭，所以能留下影像，本质上是在储存记忆。

我拍过许多女孩，胖的瘦的，高的矮的。

久而久之，我也像张老师一样，患上了强迫症，我想用相机收集不同类型的女孩，按照随心所欲的方式，比如星座，比如年龄的降幂排列。

人人都能从自己的工作中找到某种外行难以理解的乐趣。

除了街拍，我也接私照。

年轻女孩出于对老去的恐惧，拼命想留住身体层面美好的部分。

开始的时候，我比模特还要尴尬，为了避免出糗，我甚至穿了三条内裤。

时间久了，反而习惯了，摄影其实就是人类摆弄光的艺术，女孩的身体在光影里呈现出难以言喻的美感，有时候带点莫名其妙的伤感，尽管是为了挣钱，但我的的确确从中感受到了美，相机简直就成了我触觉的延伸。

尤其是你走了以后，我更要感谢我的相机。

要是没有这些影像，记忆迟早会褪色，最后消失在时间深处。

每天，完成了片约，我会把所有我和你经过、拍过的地方再拍一遍，只是只剩下我一个人的身影了。

朋友们都劝我，虐自己有很多种方式，沉迷于回忆，跟沉迷于烟酒毒品并无本质区别。

我谢绝了他们的好意，这是我重温和你的回忆的唯一方式了。

三年前，2013年4月6日，一个普通的日子。

我坚信，每一个日期，总会对世界角落里的某个人产生特殊的意义。

我的日期就是这一串数字：20130406。

你，这个我生命中最重要的女孩，在那一天，留给我最后一个微笑。

你叫自己润喉糖，一个没来由的名字，就好像你脸上总是带着没来由的笑。

你有你独特的逻辑，在你的逻辑里，坏人都有了闪光点。

你是我的客户，我的模特，我的皇后，我坚信不疑要共度一生的爱人。

你走在街头，有一种调皮的美感，跟这个世界好像融为一体，但随即又格格不入。

如果你看到这一段，肯定会说，你又矫情了，真受不了你们文艺青年。

我顶多会笑笑，但不会反驳。

反驳你，会被你绕进你的逻辑里，你的逻辑就是个莫比乌斯环。

我带着你去过这个城市里所有适合拍照的角落，你对着我的每一下快门露出过五颜六色的微笑。

有人说，意外其实是个残忍的提醒，提醒不懂得珍惜当下的人们。

只可惜，当人们经过意外，终于懂得珍惜当下的时候，一切已经来不及了。

那天，天气很好，我们路过一些风景，我把风景和你的笑容按进快门里。

我听你的话，偷偷溜进一片建筑工地，就像这城市所有拔地而起的高楼大厦一样，混凝土、钢结构就是高楼大厦的婴儿期，你很好奇，要我给你拍一组在建筑工地的生活照，给这些没有生气的灰色水泥添点色彩。

我不停地按动手上和心中的快门，天真蓝啊，你真好看啊。

你和我都没有注意，直到已经来不及。

那是一块带着钢筋的混凝土，曾经也许是谁家卧室的一部分，现在它成了谋杀你的凶手。

你在我连拍的快门里，倒下。

失去你的第一年，我总是做噩梦，梦到那个瞬间，我一度不敢再拿起相机。

第二年，我不再做噩梦了，转而梦见我和你的过去，一点一滴都不放过。

第三年，连梦也离开我了，我睡得很沉，却一个梦都没有，一点你的影子都没有。

我不能容忍我们共同的回忆就这样离你我而去，所以我才开始拍那些我们一起去过的地方。

♥ 我先爱为敬

那间拍下你吃冰激凌照片的小店已经拆迁了。

那棵和你合影的梧桐树，据说死于一个雷雨天气。

那个建筑工地……那个建筑工地现在已经拔地而起，成了写字楼，里面每天都有许多人上班，也许偶尔有人传闻那次意外，但大多数人丝毫不关心。

朋友们都是好意，希望我认识新的女孩，开始新的生活。

不瞒你说，我试过，有个来拍私照的女孩很好看，很热情，像极了当初的你。相处了一段时间，我觉得我接受了她，真的，我喜欢看她笑，笑起来很熟悉，一切烦恼都被这笑容掩盖了。

直到有一天，我按动了快门，闪光灯闪烁的瞬间，我看到了你的脸。

我几乎是落荒而逃，换来女孩的一个耳光。

我周末会和张老师聊天。

奇怪的是，张老师几乎什么都忘了，连家住哪儿都不知道，但是他却记得自己读过的每一本书，甚至可以复述一遍大致内容。

我有时候也会想，像张老师一样也没什么不好，忘记一些伤痛的过去，糊涂一点，心宽体胖。

我想过忘记你，试了好几次，每次都失败。

后来我也想通了，算了，别强求了，要是连我也忘了，这世界就再也没有人记得你了。

张老师会和我说起他老婆，虽然很跳跃，但我能听懂。

"我老婆姓李，是我的学生，很崇拜我，主动追求我，我心想，这女孩可真主动啊。我一开始害怕别人说闲话，总是躲着她。直到有一天，她大半夜闯进我的宿舍。在那个年代，这太要命了。"

张老师滔滔不绝，我耐心地听着，反正我也不想回家，我以前怎么也不会相信，一个人待着竟然是我现在最害怕的一件事儿。

张老师有时候也会指给我看结伴来图书馆的情侣，透过老花镜分析：

这一对每个周末都来，女的害羞，男的也不敢主动，我每次都给他们桌上放爱情小说，后来忍不住放了本生理卫生课本。

那一对正好相反，干柴烈火似的，趁人不注意就亲上了，我每次都趁着他们亲热的时候经过他们去整理书架。

外面有汽车响，张老师的女儿来接他。

临走之时，张老师递给我一把钥匙，我愣住。

张老师说，要是无家可归，你可以睡这儿，值班室有折叠床。晚上别开灯就行。

当天晚上，我睡在图书馆里，书页有一股陈旧的味道，很舒服。

晚上，我被一个声音吵醒。

我起了身，刚要开灯就想起了张老师的话，还是黑着吧，免得被发现了让张老师难做。

我点亮了手机上的手电筒，寻找那个声音的来源。

过了文学区，角落深处的一个书架，摇摇晃晃地站不稳，一堆书纷纷跌落到地上。

掉落之后的书架间隙，有光透出来，我抽出其中一本，是一本陈旧的《追忆似水年华》，除了在中学课本里读到过片段，这么多年我从来没有读完这本书。

我透过光束去看，突然间，书架上的书都像是跳楼一样，纷纷跌落下来，书架后面的光越来越亮，直至刺眼，我不由自主地走了进去。

我恢复意识的时候，发现自己躺在街头，人们在围观，我花了几秒钟才意识到，我就是那个被围观的人。

我低头一看，看见自己赤身裸体，坐在一个冒着热气的古力盖上。人们愕然地看着我，小孩子发出清脆的笑声。

我做过很多次没穿衣服走在街头的梦，据说，这是因为焦虑。

这是个梦。

知道了是个梦，我坦然了许多，直到一个好心人给了我一件风衣，我才跌跌撞撞地离开人群。

这条街道很熟悉，我猛地记起，这是我们第一次遇见的地方。

我已经很久没有做过和你有关的梦了，这让我欣喜若狂。

♥ 我先爱为敬

太逼真了，我能真实地感觉到因为风衣里面什么都没有，风吹过的时候，有一股莫可名状的清凉。

我走过一个路口，两个男孩骑着自行车飞驰而过，撞上了路上拎着高跟鞋、哭花了妆的女孩，女孩跌落进草丛里，包里的东西撒了一地。

那个女孩就是你。

我几乎是飞扑过去扶你，如果一切跟以前一样，几秒钟后，我们将会遭遇一场洗礼。

喷除虫剂的车响着"铃儿响叮当"路过，夹杂着农药的水柱喷射而来，我下意识地撑开了风衣，护住了你。

在你的尖叫声中，农药喷了我们一身。

除了风衣里什么都没穿，一切和我们第一次见面时，一模一样。

我花了很长时间解释，自己并不是变态。

你相信了，带我去了就近的洗浴中心。我们各自洗了一个大澡，但好像仍旧没有去掉身上的农药味。

我试图告诉你，我有多想你，但我终于发现，你好像只是刚刚认识我。

我们在路口分别，我想要追上去，却一脚踩空，那个冒着热气的古力盖不知道被谁偷走了，我掉进了下水道里。

醒过来的时候，我仍旧赤身裸体，躺在书堆里，衣服散落了一地。

不是梦？

我再去看书架上，光束却消失了，我掏空了所有的书，书架后面是一面水泥墙，除此之外，一无所有。

到底是不是梦？

第二天夜里，我守在书架前，直到十二点，还是那本书，《追忆似水年华》，光束慢慢透过来。

我走进光里，在冒着热气的古力盖上赤身裸体地醒来，有人递给我一件风衣，我走过一个路口，遇到被骑自行车的男孩撞倒在草丛里的你，然后护着你，两个人都被喷了一身农药……

这不是梦，这是四年前，我们才刚刚认识。

也许，实际情况是，我在这里做了一个噩梦，梦到了一年之后你离我而去，而我独自苦熬了三年。

在你错愕的目光里，我奔向一个书报亭，对着一份报纸情绪激动，哈哈大笑地跪倒在地上。

2012年3月15日，消费者保护日，我们第一次相遇的那天。

搞清楚了这一点，接下来，我只需要让你重新爱上我。

我了解你的一切，你叫润喉糖，你笑起来很好看，你喜欢拍照，你喜欢用透明的唇膏，你有你的恶趣味，你淘宝了定向声音爆破装置，烧毁了在你家楼下跳广场舞的大妈的音响，却完全忘了你妈也是舞蹈队的一员，回到家被你妈追打。

我们曾经互相提问过，什么时候发现自己爱上了对方。

我套用了公式：一个平凡的瞬间，加上一小段海誓山盟。

那天晚上，吃完了晚饭，电视里在播烂俗的偶像剧，你让我坐着别动，起身洗碗，给我切了一盘水果，我看着昏黄灯光下笑起来的你，发誓一辈子只爱你一个人。

结果被你识破，我就问你，那你呢？

你想了想，说，遇上你那天，我刚被公司辞退，没吃早饭，坐公交车、踩着高跟鞋去找工作，结果一点都不顺利，回家的时候，还坐反了方向。我觉得自己怎么这么倒霉，走在路上还被自行车撞，直到你把我扶起来，和我一起被喷了一身农药，然后我们去洗浴中心，莫名其妙地在休息室聊了一晚上。第二天，我的生活就变样了。你就是我命运的转折点。

当我在2012年再一次问起这个问题，你重复了上述的话，只不过加了一个我风衣里什么都没穿的细节。

我们重新相爱了。

一切都美好得不像话。

爱情是对相对论最好的解释。

♥ 我先爱为敬

时间一天天逼近，2013年4月6日。

在我的央求下，你答应我在家宅一天，哪儿都不去。

过了中午，我悬着的心终于放了下来，你闹着要吃冰激凌，我哪儿都不敢让你去。

耐不住你的央求，我只好自己去买。

等我拿着冰激凌回来的时候，你躺在马路上，一个快递被压扁了，是你买的唇膏。

你没有流血，看起来一点外伤都没有。

救护车上，我都忘了自己包里还有冰激凌，冰激凌花了，滴着水。

你一句话都没有说，在我怀里，给了我最后一个微笑。

我身上全是香草冰激凌的味道。

我从高速行驶的救护车上跳下去，滚落在地上，一多半身子被擦伤了，马路上急刹车的司机探出头来，愕然地看着我。

我跌跌撞撞地在车流汹涌的马路上逆行。

我爬向冒着热气的古力盖，在路人错愕的目光里跳进去。

我满身血污地躺在书架前，等了一天一夜，直到那束光再一次透过来……

我不明白上天为什么要跟我开这样的玩笑。

我心爱的女孩，总会在那一天死去，无论我用什么方法，都改变不了过去。

我眼睁睁地看着你在我面前停止呼吸，留给我最后一个微笑，一次又一次，一次又一次。

就算我一步都不离开，你却总是熬不过那天的十二点，这是个死亡循环。

是一个给我定制的死亡循环，反反复复地折磨着我。

我精疲力竭。

我告诉我的朋友，我的朋友说他相信我，然后给了我精神科医生的电话。

我想要证明这一切，我甚至试过带着你跳进热气井，结果只是弄伤了你。

我什么都带不过来，什么都带不过去，我什么都改变不了。

我把这一切告诉了张老师，张老师认真思考了一会儿，然后告诉我《追忆似水年华》是一本好书，开始给我复述这个故事。

"当现实折过来严丝合缝地贴在我们长期的梦想上时，它盖住了梦想，与它混为一体，如同两个同样的图形重叠起来合而为一一样。"

我在张老师的朗诵里，号啕大哭。

张老师却没有停下来，继续念着。

"尽管我们知道，再无任何希望，我们仍然期待。等待稍稍一点动静，稍稍一点声响。"

当天晚上，我等待着光束再一次透过来。

我穿着风衣，里面什么都没有，风灌进来，我异常清醒。

我知道我走过那个路口，就能第无数次遇见我心爱的姑娘。

走过路口的瞬间，你的一句话砸进了我的脑海里。

"你就是我命运的转折点。"

我惊醒，也许正是因为遇上了我，才导致了你无可避免的死。

也许就是我们相遇这天，改变了你的命运。

我走过路口，看着两个男孩骑着自行车，不远处，你拎着高跟鞋、哭花了妆，跌跌撞撞地走着。

我带着所有对你的思念和亏欠冲过去，扑倒了骑自行车的两个男孩。

两个男孩骂骂咧咧，想要揍我，我理都不理，径直走向了你。

你愕然地看着我，不明所以。

我走到你面前距离一米的地方，站定，和你对视，我看到你哭花了睫毛膏，流下黑色的眼泪，样子像小丑，很搞笑。

我对着你，露出了一个微笑，随即，撑开了我的风衣，高喊着，大象，大象，大象。

直至泪如雨下。

你盯着我风衣里的内容，呆住，愕然，随后破涕为笑地摇了摇头。

此时，响着"铃儿响叮当"的农药车开过来，水柱夹杂着农药，喷了我们一身，如同一场大雨。

你生气地瞪了我一眼，拎着高跟鞋，转身大步离去。

我没有追，只是透过水雾的折射看着你越走越远。

市立图书馆。

我整理好书架，把那本《追忆似水年华》放好，把所有弄乱的书，按首字母的顺序排好。

张老师在喝胖大海，招呼我过去。我坐下，午后的阳光透过来，我有点犯困。

张老师又开始说起他的老婆：

我有没有跟你说起过我老婆？我老婆姓赵，我在春风照相馆里看到她的照片，挂在玻璃墙上，我就用一条烟贿赂了照相师傅，让他告诉我这个女孩是谁。

女孩是个会计，算盘打得那叫一个好，噼里啪啦跟弹钢琴似的。

我追了她大半年，她都没同意。我能放弃吗？我死缠烂打，天天接她下班，中午给她送饭，要是有人敢追求她，我就跟那人约架。

后来，她就屈服了，给我生了一个女儿……

我回过神来，忍不住提醒，张老师真是老糊涂了，你老婆不是姓李，是你的学生，当年追求的你吗？

张老师笑了，你年纪轻轻，就老年痴呆了？

外面正好汽车响，张老师拉着我，走走走，我女儿来接我了，你不信问问她。

我无奈地被张老师拉出去。

一个女孩从车上下来。

我呆立在原地，女孩给了我一个礼貌的微笑，身上散发着润喉糖的味道。

我被邀请到张老师家里吃晚饭。
张老师的夫人确实是个会计，姓赵。

你很安静，每说一句话都带着笑。
身边的男人高谈阔论，却总是时不时地看你一样，你们两个人对视，写满了幸福。

我看着你们两个，吃光了面前所有的食物，很久没有吃这么饱了。

临走之时，张老师已经睡着了，你和你先生出来送我，我道了别，走出去几步，又转过身，嗨，我能给你们两个人拍一张照片吗？
你说好啊。
你们两个对着我的相机，头靠在一起，笑得很开心。

我按下快门的时候，心里只剩下一个声音，我做到了。

06

别离当祝福

　　K1895，这列从北方一路往南方开的绿皮火车，就要正式停运。

　　今天是它最后一次发车。

　　车上，坐满了要留个纪念的旅客，想再看一遍沿途风景。

　　K1895会在达摩山谷停留十五分钟。

　　达摩山谷是此处胜景，天造地设，被两座山川相抱，草木丰盈，风水极佳，传说天气好的时候，有佛光笼罩，有缘人能见到佛祖拈花微笑，因此得名。

　　吾有和赛文就坐在这列火车上，要一路回到南方——赛文的家乡——领证结婚。

　　相恋三年，终于要组成一个家。

　　一路上，吾有兴奋莫名，喋喋不休地和赛文讨论着婚礼的细节，规划着两个人未来的生活。

　　赛文这次出门没有化妆，素着颜，眼神一直没离开过窗外风景，任由吾有说个不停，她有些心不在焉，不知道思绪在天空里哪片云上。

　　吾有说，就订三十桌吧，怕订少了坐不下。酒呢，还是弄点好酒，别让亲戚们笑话。

赛文没有意见，只是点头。

车厢里，四个人打扑克赢了一局高声叫嚣，老坛酸菜味儿的泡面冒着热气，小孩子被举高之后还是大肆哭泣。速食盒饭加热了很烫手。装满零食饮料的手推车挡住了过客的去路。

车窗外，平原上长出树木，裸露钢筋水泥的工厂，近乎静止的村落。

吾有说，婚纱照我们找个海岛拍？现在旅拍挺火的，预算也够。

赛文"嗯"了一声，突然问，你说这列火车停运以后，他们会把它弄到哪儿去呢？

吾有一呆，随口回答，应该是拆掉，销毁吧。这里很快就跑"和谐号"了。时代在向前嘛。

赛文笑了笑，似乎是替这列火车感到伤感，喃喃了一句，不知道这列火车知不知道自己是最后一次上路，要是知道的话，它会怎么想呢？

吾有取笑赛文，你这是怎么了？火车能怎么想？顺应时代潮流呗。哎，你说我们请柬怎么设计好呢？

赛文从窗外收回目光，看向吾有，问他，咱俩是不是知己？

吾有觉得好笑，当然是。

赛文问，那知己是不是什么话都能说？

吾有点点头，当然。知己就要无话不谈。

赛文说好，我想给你讲个故事，我以前没给你讲过。

吾有坐下来，递给赛文一瓶水，那你讲吧，婚礼细节一会儿再说。

赛文喝了一口水，想了想，该从哪里说起呢？

少女赛文长相标致，标致到男朋友总想带她出席任何一个聚会，把她当成一件炫耀的兵器，杀伤力十足，常常惹来朋友们的艳羡。

这时候男朋友往往做出谦虚状，心里早已经乐得打跌。

赛文自然知道男朋友的心思，虽然觉得他的聚会无聊，但也想尊重男朋友的爱好。

赛文是在陪同男朋友参加的聚会上遇上十一的。

当时十一还没有获得这个专属诨号。

聚会选在一栋小二层的复式楼，朋友们酒足饭饱之后，各发各的疯。

男朋友忙着和朋友们吹牛。

赛文百无聊赖，独自倚在二楼栏杆上抽烟，一眼就看到楼下同样安静的十一。

赛文觉得十一比男朋友顺眼。

想到这里，她就把烟头扔下去，燃烧的烟头如流星，划过十一面前。

十一抬头，看到二楼一个明媚的女孩对他笑，笑像坠石，砸在他胸口上。

没有人注意到他们，包括赛文的男朋友。

他们躲在人群中划拳，赛文赢了他十一块钱，从此他就得名十一。

聚会散去，赛文告诉男朋友，我想要十一的电话。

男朋友呆住，看着赛文。

赛文说，你把电话号码给我吧，你不给我，我就去找别人要，我总能要到，你知道的。

男朋友愣了好久，翻出十一的手机号码，给了赛文。

赛文接过来，说了句谢谢。

男朋友还想挣扎一下，就问赛文，那我们？

赛文看着男朋友，笑，我们就到这儿吧。

赛文和十一约在KTV见面。

赛文不知道十一是不是也喜欢她，甚至不知道十一有没有女朋友。

但她觉得那都不重要。

重要的是这是他们第一次单独见面。

等到十一给赛文唱了一首《我有什么资格不要你》之后，赛文知道自己赢了。

绿皮火车在小站停下来，有人下车，有人上车，车厢里换了新面孔，查完票之后，列车继续上路。

坐上这列绿皮火车的人，各怀故事。

吾有问，那你之前那个男朋友呢？

赛文说，我想他的使命就是指引我遇到十一。

吾有笑了，你真是过分坦诚。

赛文也笑，也许我是个坏女孩吧，但当时我就知道，我不能错过他。

从那以后，赛文就和十一在一起了。

和一切美好到发光又缺乏新意的恋爱故事一样，十一荣升为赛文的男友，而前男友就像pre-A轮的融资一样，在这个故事里，不再拥有姓名。

十一谈起恋爱来像一块木柴，习惯于燃烧自己，把恋爱谈得热烈，只要这把火烧得足够旺，他根本不在乎未来。

在赛文面前，十一很快就变成一汪清水，一眼看到底，但十一并不在乎，他认定赛文会跟自己挥霍青春，直到垂垂老去，两个人死在某一艘前往极地的游轮上。

十一之所以作如此奢侈想象，是因为他家在南方总共拥有七套房子。

十一全家人都没有工作，靠收租度日。

十一毕业之后，在几家公司上过班，觉得无聊，没有他喜欢的上司，也没有他相处得来的同事。

后来干脆就不上班了，正事儿就是玩儿。

房租足够他花，他迷上死飞，迷上游戏，迷上买车，迷上一切能让他觉得刺激的玩意儿。

十一心疼赛文还要辛辛苦苦朝九晚五，劝赛文，干脆你也别上班了，我们一起收收租，玩玩，时间就"嗖"的一下子过去了。

赛文还是习惯于挣钱自己花，至少让自己觉得有用。她问十一，那以后呢？以后怎么办？

十一不明白赛文在说什么，什么怎么办？七套房子，难道不够我们活一辈子吗？要是缺钱了，就卖一套。上班哪有玩儿有意思呢？

赛文也的确辞掉了工作，试图让自己和十一行驶在同一轨道上，不就是花钱吗，不就是把年轻当成发动机里的汽油吗？赛文觉得她也可以。

但是只坚持了一个月，赛文就被这种生活带来的虚无吞噬，她分不清今天是礼拜几，分不清天刚亮了还是正黑下去，她连自己的社交圈子都没有了，有时候她会觉得自己已经堕落不堪，常常从噩梦中醒来，梦见自己目睹十一横死在街头。

赛文把自己的痛苦告诉十一，十一完全无法感同身受，但还是同意让赛文重新上班，只要她开心。

但赛文想要的不止这些，她觉得十一是有才华的，尤其在审美方面，他也应该有一份工作，哪怕不是为了挣钱，就权当也是玩儿。

十一勉强试了一个月，在没有通知赛文的情况下，从公司辞了职，又恢复了以前的生活。

赛文那一瞬间就明白了，她永远改变不了十一。

两个人吵得很凶。

赛文甚至对十一动了手，最后放了狠话，那就分开算了。

说完，也不给十一挽留的机会，大步离开，像是从一个故事里出走的句子。

绿皮火车穿过隧道，整个车厢陷入了黑暗，噪声也不知道被什么吞没了，世界都安静下来。

赛文看不到吾有的表情。

但吾有好像能听到赛文的心跳声。

等到火车冲出隧道，车厢重新被光明点亮，吾有看到赛文眼眶有些红。

吾有说不出心里是什么滋味，爱人在自己面前怀念她的爱人，吾有很欣慰，赛文完全信任自己，但心里也隐隐有醋意，不过最终还是归为理解，安慰自己，毕竟在她身边的人是我。

吾有说，其实你要是能收起自己的上进心，你也可以过得很好，比大多数人都要好。七套房子，够吃一辈子了。

赛文说，是，可我就是做不到。人不就是这么复杂又讨厌吗？

吾有说，那倒也是，又问，那后来呢？

赛文跟十一分开之后，一天比一天痛苦，她试过许多办法，让自己看起来没那么难受。

她甚至努力寻找一个新的继任者。

为此，她近乎激进，连夜飞到北京，去见一个刚认识不久的男人。

男人住在石佛营，从此她就管他叫石佛营。

一切都好，新鲜刺激。

但等着新鲜劲过去，她又绝望地发现，自己不过是在别人身上寻找十一的影子，应该说，是在寻找十一身上美好的绝大部分。

但她没法接受十一的全部。

她察觉到自己的自私和拧巴，一直不快乐。

有一天，她下了班，不知怎么就走到了十一住的地方，等她惊觉，劝说自己赶紧离开的时候，已经来不及了。

想见十一的念头一旦烧起来，就一路烧到脑门，这把火裹挟着她的身体。

密码锁的密码没换，她的生日，她推门进去，十一正在打游戏，抬头看到赛文，像是什么也没发生过一样，问她，晚饭想吃什么？

火车上，晚餐是泡面，加淀粉含量最高的火腿肠。

吃泡面的时候，热气熏着赛文的眼睛，让她看起来像是哭过。

吾有问她，既然复合了，为什么后来又分开了？

赛文再一次试图和十一一起生活。

这一次她坚持了四个月。

十一的一切都可以给赛文，存款，房产，甚至生命。

他和初生的孩子一样赤诚，没有心机，没有顾虑，却也没有责任。

他什么都不在乎。

包括在两个人分开这段时间里，赛文和别人在一起这件事情。

赛文向他坦诚，除了石佛营，还有一个青年路，还有个CEO。

但十一耸耸肩，意思是那又怎样？就当你是度度假。度完假不还是要回家吗？

十一这样的态度，让赛文自责，觉得自己有些不堪，她痛恨自己做不到像十一一样赤诚。她还是更爱自己。

这让她鄙视自己，觉得在这一方面，她配不上十一。

就算意识到这一点，赛文终究还是没有办法和一个永远长不大的彼得·潘在一起。

十一活在七套房产的财富和局限之中，不想奋斗，也不必奋斗。他在父母的纵容下，一直是个孩子，不必面对人间疾苦，不必及时成长为一个男人。

赛文永远在照顾他。

有时候，赛文觉得自己是他妈妈，看着孩子尽情折腾，然后替他收拾残局。

在一次十一因为打架进了派出所之后，赛文终于觉得累了。

这一次比以往平静，就连分手后的痛苦也是迟到了一个月才来。

等到她遇见了吾有，她觉得一切终于可以结束了。

吾有喜欢做人生规划，积极上进，几乎属于邻居家的孩子。

赛文觉得自己已经完全忘记了十一。

这无疑是件好事，她终于不用再为了忘记他而自我放逐了。

第三年，吾有向赛文求婚，赛文欣然同意。

绿皮火车继续前行，广播提示下一站就要到达摩山谷，停留十五分钟，请需要下车观光的旅客提前做好准备。

吾有听到这里，脸上露出一个意味深长的笑，问赛文，是不是婚期临近，你反而总是会想到十一？

赛文摇摇头，又点点头，我也不知道。

吾有说，一段感情经过时间发酵，回忆加持，就更显美好，时间一长，就连其中的撕裂都忘记了，只把最好的提纯出来，吸食回忆也上瘾的。

赛文笑笑，不管怎么样，说出来心里就舒服多了。

她看向窗外，沉默良久，才感叹了一句，也不知道一直不肯改变的他，现在过得怎么样了？

吾有问，你希望他怎么样？

赛文悬而未决的眼泪终于掉下来，她努力控制住声音不发颤，但还是哽咽了。

她说，我希望他拥有像他一样赤诚的女孩，我希望他深爱着这个女孩，女孩也深爱着他，深爱着他的全部。我希望所有相爱的人都过得一样好，不用承受分别的痛苦。

吾有握住赛文的手，他知道赛文眼里的眼泪不属于他，不过没关系，他是属于她的，这就够了。

列车在达摩山谷停下来。

所有人都下了车，没有人想错过这条路上最美的风景。

赛文和吾有也下了车。

旅客们像是朝圣一样，看向达摩山谷。

此时，阳光猛烈，云层镶金边儿，光线斜射下来，肉眼可见，点亮整座山谷，有人喊，佛光。

所有人安静下来，等待着佛光照耀在自己脸上。

吾有看向赛文，赛文的脸上泪痕未干，惹人心疼。

要发车了，吾有却还没有回来。

火车开动，沉浸在回忆里的赛文这才反应过来，到处寻找吾有。

吾有给赛文发微信，吾有说，你有心结未解，婚不着急结。想他就去找他吧，别只是从别人身上找他的影子，包括我。这里风景好看，我想多看一会儿。

赛文透过车窗，想找到吾有，火车却已经越开越远，达摩山谷已经留在了身后。

列车在南方停站，广播里传出声音，感谢各位旅客一路相伴，这是本次列车最后一次运行，祝大家生活愉快。

赛文不自觉地又走到了十一的住处，这一次她没有上去。

她站在抽烟区，点上一根烟，缓缓烧着往事。

烟雾中，一个烟头飞身而至，划过赛文眼前，就像一颗流星，准确落在垃圾桶里。

赛文抬起头，看到十一，但十一没有看到她。

他匆匆抖落身上的烟灰，奔向从小区里走出来的一对母女。

在赛文的注视下，十一一家三口说着话离去，就像赛文想象中的一样幸福。

赛文释怀地笑了。

此时，经过赛文身边的一辆车里正播放着《再见我的爱人》。

赛文手里的香烟还没有烧完。

达摩山谷中，吾有独自看着风景，想把这一切都尽收眼底。

K1895永远停了下来。

幸而故事还在继续。

07

漂泊浪漫

夜里，过了十二点，北方冬天特有的冷，连石头都冻透了。

村子里，一户人家突然亮了灯，在一团黑暗里，显得有些惊心动魄。

春爷叫醒了正睡得昏昏沉沉的老婆和女儿，低声说，收拾东西，跟我走，出事了。

老婆迷迷糊糊，但仍旧像心灵感应一样，收拾了简单的行李，抱着女儿，在春爷的引领下出了门。

门口，有一辆摩托车。

春爷把唯一的头盔给了老婆，老婆把女儿裹在被子里，春爷跨上了摩托车，发动，往村子外面开。

摩托车大灯亮起，穿透黑暗，照亮前方的路，像一把利剑。

开到了村口，春爷停下来，回头望了望这个把他养大的村子，又看了看身后怀抱着女儿的老婆，一咬牙，拧油门，摩托车载着一家三口，疾驰而去。

这个时候，春爷自己还不知道要去哪里，他也不知道，这一走，就要开始长达十年的漂泊。

第二天，天一亮，一帮人呼啸着进了村子，打听到了春爷家，一斧头砸碎了门上的铜锁，来人一拥而上，把春爷家里大大小小的东西能拿走的拿走，拿不走的砸了。

讨债，最重要的是气势。

村里人都不明所以，直到很多天以后，才陆续传开来。春爷跟人家合伙做生意，结果合伙人卷款跑了，春爷一个人背了债，把所有存款拿出来也不够还，无奈之下，只能跑。

村里人说起春爷的时候，都唏嘘感叹。

春爷从小是个孤儿，父母不知道何许人也，生下来就被遗弃。养父偶然发现了他，家里虽然有两个孩子，但养父说，一只羊牵着，一群羊赶着，就收养了春爷。

虽然其他兄弟姐妹都不太待见春爷，但养父却对他视如己出。

兄弟姐妹的孤立，让春爷的童年过得并不容易，他盼望着能早一点长大。家里条件不算好，兄弟姐妹争着要上学，养父说，我也不偏心，谁能考上，谁就上。

春爷考上了高中，成为那时候村子里唯一的高中生。

养父很开心，当天晚上喝高了。

春爷上了高中以后，没有机会再上大学，但好在春爷聪明，人精瘦，脑子活泛，学东西又快，人人都喜欢春爷。

春爷进了工厂里做工，认识了厂子里的女会计，叫黎黎。

黎黎长得好看，春爷逮着机会就去看黎黎，给她送吃的，给她自行车放气，躲在树后面，等到黎黎跳着脚大骂"谁这么缺德？"再匆匆跑出来，举着手里的气筒，我来给你打气。

骑自行车送黎黎回家，春爷就故意挑崎岖不平的路，颠得黎黎欲哭无泪，只好抱住春爷的腰。

用不正经的奇技淫巧，春爷获得了许多与黎黎单独相处的机会。

放假，春爷骑着自行车，载着黎黎进城，大概要骑两个小时。

黎黎说热，春爷就用尽全身力气蹬车，好让风吹着黎黎。

等到两个小时以后，到了城里，春爷跳下车，双腿都合不拢，去厕所里才发现自己大腿内侧都磨破了皮。

看着春爷奇怪的走路姿势，黎黎问，你怎么了？

春爷嘴硬说，没事啊，我就是活动活动。

在城里，春爷把自己整个月的工资都带在了身上，带着黎黎去扯了一块布，请裁缝量了尺寸，非要给黎黎做一件衣服。

黎黎不好意思。

春爷坚持，你不知道，你这么好看，应该有一件颜色鲜艳的衣服才行。你听我的。

从裁缝铺出来，春爷又请黎黎去饭馆吃饭，并且奢侈地点了包子、炒菜、猪头肉。

黎黎吃的时候，春爷就盯着她看。

黎黎问，你看什么？

春爷说，你吃相真好看。

黎黎愣住，没听过你这么夸人的。

春爷一脸笃定，我看过很多人吃饭，你跟他们都不一样。就比如说，你吃包子吧，你不是一口咬出馅儿，你是先小口咬褶，吸一吸，然后再一点点地吃完，我觉得特别好看。你吃猪头肉也不是一口吃完，而是一点一点地咬，真可爱。

黎黎被说得都不敢吃了，盯着手里的包子和碗里的猪头肉，呆住了。

春爷用自行车载着黎黎回家，一路上，风驰电掣，春爷都没觉得腿疼。

直到黎黎跟他挥手告别，春爷才惊觉大腿内侧钻心地疼，整个人从自行车上栽下来。

到了后半夜，黎黎的母亲突然来砸春爷的门，春爷开了门，黎黎妈妈说，不知道怎么了，黎黎突然上吐下泻，口吐白沫，说不出话来了。

春爷一听，吓坏了，抄起衣服就冲出去。

黎黎果然倒在地上，全身抽搐。

春爷当机立断，送市医院！

扛起黎黎就往外跑，拉出自行车，把黎黎放到后座，往外骑。

出村子的路上，黎黎突然身子一歪，跌落下来，彻底昏了过去。

春爷猛地停下自行车，看着昏倒在地的黎黎，急了。

♥ 我先爱为敬

眼看着自行车她是坐不住了，春爷急中生智，看到路边有一棵小树，冲过去，也不知道哪里来的力气，一把就薅了出来，先把小树绑在自行车后座，再把黎黎抱起来，五花大绑地绑在小树上，这样固定住了，然后跳上车，疾驰而去。

到了市医院，医生说，是严重的食物中毒。春爷愣了，难道是吃猪头肉吃的？我怎么没事啊？

黎黎挂了点滴，稳定下来，春爷终于松了一口气，瘫软在地上。

接下来一整个礼拜，黎黎都不能见荤腥，连油味儿都闻不了。

春爷就天天煮了白粥，给她送饭。

时间长了，黎黎的父母也放心地把黎黎交给了春爷照顾。

黎黎出院那天，春爷来接她。

从医院走出来，春爷突然停住。

黎黎不解，也停下来看着他。

春爷突然扑过去，搂住黎黎，狠狠地亲了一口，不等黎黎反应过来，就开了口，你跟我好吧。

黎黎擦了擦脸颊上春爷的口水，慢慢点了点头。

春爷高兴地又要去亲，被黎黎一脚踹开。

结婚那天，春爷在自行车前面绑了大红花，车把上挂着手提录音机，放着歌，大张旗鼓地载着黎黎在村子里转悠，村民都跑出来看热闹。

黎黎红着脸，捏春爷，差不多行了，快回去吧，让人笑话。

春爷哼着歌，大喊着，笑话啥，他们是红眼。

脚下自行车蹬得飞快。

婚后的日子过得挺清贫。

但那个时候，大家日子都过得不好，也没觉得有什么苦。

春爷挣回来的钱，也就是够平常的吃穿用度。

春爷有些内疚，努力存钱，想给黎黎更好的生活。

但黎黎说，这样过不挺好吗？

春爷心里却不是滋味，他觉得自己应该给黎黎更好的生活才行，这是男人的责任。

春爷苦思冥想，到处折腾挣钱的方法，做过生意，砍过树，兑外汇票，贩过木头。有的挣了点，有的又赔了，折腾下来，总算是有了一点存款。

春爷给自己买了辆摩托车，没事就骑车载着黎黎到处转悠，让黎黎听风声。

又给黎黎买了新衣裳，请木匠给黎黎做了大衣橱和梳妆台，黎黎嘴上拦着，不让春爷浪费钱，但心里乐开了花，有时候晚上都起来坐在梳妆台前照镜子，吓了春爷一跳，以为自己的老婆中邪了。

黎黎怀了孕，生了孩子，生活越来越好了。

但春爷觉得，自己还可以过得更好。

于是，就跟一个认识的老板合伙，搞电缆生意，瞒着黎黎借高利贷，打算好好干一番事业。

结果，没想到，这老板是个骗子，借采购原材料的名义，拿着钱去了广东，跑了。

春爷不想让黎黎操心，自己跑到广东去追杀骗子老板，自然是大海捞针，在广东漫无目的地转了三天，绝望地回了家。

借高利贷的也听说老板卷款跑了，杀过来追债，春爷把家里仅有的存款都拿出来，说自己慢慢还，但借高利贷的不答应，让春爷一个礼拜之内还上，不然让他好看。

春爷想了几天，决定带着老婆孩子先避避风头。

半夜里，叫醒了老婆孩子，骑着摩托车，把全家都带在身上，跑路了。

春爷走后，村里流言蜚语四起。

春爷的养父很长时间都闭门不出。

其他兄弟姐妹劝父亲，就当没有过这么个儿子，反正是收养的。

养父少见地动了怒，大吼，以后谁要再说这些混账话，就给我滚出去！

兄弟姐妹都闭了嘴。

一家人，辗转去了大连。

一无所有，只能从头开始，但又不知道该做点什么。

❤ 我先爱为敬

思来想去，春爷学了理发，去理发店里打工。

黎黎就摆了个摊，卖早餐。

女儿就在幼儿园里借读。

一家人苦苦支撑。

黎黎每天早上三四点就要起来和面，剁馅儿，自始至终没叫过一声苦，没说过春爷一句不是。

但春爷每天都睡不着，不想就这样认命，让自己的老婆这么辛苦。

春爷每个月都给家里写信，汇钱，但家里没有信儿传过来。

春爷每次下了班，去接女儿，都会换上自己的西装，打好领带，听女儿说，其他小朋友都说我爸爸很帅。

春爷扛着女儿，走在夕阳下，身影像天底下所有父亲一样高大。

努力了三年，挣了钱，春爷盘下了一间理发店，店面不大，装修了一番，倒也很有样子。

黎黎说，伺候人的事儿，我不愿意干，我还是卖我的早餐吧。

春爷就请了两个人，一个理发学徒，一个洗头小妹。

春爷说，从今天开始，我正式进军理发界。

日子眼看着就好起来了。

理发店里的洗头小妹很喜欢春爷，没事就跟春爷开玩笑，春爷嘻嘻哈哈就过去了。

有一天，店里没人，小妹突然搂住正在扫地的春爷说，哥，我想跟着你。

春爷一愣，也没惊慌，慢慢松开了小妹的手，倒了杯水给她，两个人坐下来。春爷说，你看啊，你这么年轻，长得也不错，找个什么样的男人找不到？我是个有老婆、女儿的人了。你看我老婆，跟着我，有家都回不去，起早贪黑摆摊，我把她带出来，背井离乡的，我要是再干点什么对不起她的事儿，你让她怎么活？再说，我女儿懂事了，我也不想在她面前腰杆站不直。

小妹说不出话。

第二天，春爷拿了5000块钱给小妹，让她走了。

黎黎一切都看在眼里，没多问一句。

又过了两年，春爷想把店面扩大，又盘了几家店面，投了不少钱装修，准备大展宏图。

但没想到，更高档的美容美发店兴起，设备更好，技术更佳，办了卡甚至更便宜，春爷的理发店生意越来越不好。

开起来的店面，又陆续关掉了。

生意做不下去了，春爷抽着烟不说话。黎黎说，你也不用犯愁，大不了，你跟我一块儿卖早餐去。

春爷熄灭了烟，跟黎黎说，咱回家吧。

黎黎一愣，春爷说，这么多年了，那事儿也了了，老在外面漂着也不是个事儿。回去看看咱爹，咱回城里发展。

带着家当，回家给养父磕头，养父已经糊涂了，谁都不认识。

看见了春爷，却突然正常了，起身给了春爷一个巴掌，春爷没躲。

养父拍着春爷的肩膀，混浊的眼睛里，透出一股转瞬即逝的光来。

几个月后，养父安详离世。

春爷全程操办养父的葬礼，几次哭到晕厥。

办完养父后事的很长一段时间，春爷都会半夜坐起来抽烟。

这时候，黎黎就起来给他披上衣服。

春爷抽着烟，喃喃自语，我以后是个没爹没妈的人了。

黎黎就把春爷搂在怀里，说，不怕，以后我就是你妈。

春爷就笑了，眼泪顺着春爷的皱纹流了下来。

在城里，春爷和黎黎开了个馒头铺，挣了点钱。

他们打算在靠近郊区的地方，买几间平房。

春爷的姐姐当时正好在那儿有五间房子，就告诉春爷，你别买了，我这房子闲着，你先住着吧。

春爷很感激，简单地收拾了一下，全家人总算有个落脚的地方了。

春爷和黎黎又生了一个女儿，加上大女儿上学，家里开销也慢慢大了。

春爷又想扩大馒头铺，上自动化的设备，结果客户都不给现钱，压款严重，很多坏账。

竞争对手多了起来，销路也不好。

存了几年的钱，又都赔了，这一次还欠了债。

黎黎安慰春爷别灰心，这么多年，不也这么过来了吗？

几个月后，姐姐突然造访，告诉春爷，这房子要拆迁了，你们看看搬了吧。这房子旧了，住人也不安全。

春爷愣住，我现在没地方住。

姐姐说，要不我帮你租个地方？

春爷不知道该说什么。

姐姐说，第一批拆迁的，有奖励，咱也不能拖太久。我让你姐夫帮你看看，哪里能租到房子。

春爷没有说话，心里憋着一股火，却不知道该向谁发。

第二天，春爷带着黎黎，还有两个女儿，把所有的东西，搬到一辆货车上。

忙活到了晚上，一家人坐在车上，搬家师傅开着车，围着小城绕了三圈，问春爷，东西到底放哪儿？

春爷回过神来，指了指路边的一个烧烤摊。

春爷扯出两张旧沙发，和黎黎一人一张，两个女儿就坐在他们腿上。

在老板错愕的目光里，春爷喊，来三瓶啤酒，四十串羊肉串。

烟熏火燎之中，春爷率领老婆孩子，吃吃喝喝。

黎黎和春爷对瓶干杯，什么话也没说。

一家人在宾馆里，住了一个多月。

春爷宣布了他的决定，回老家。

回到阔别十多年的小村子，自然受到一些冷眼，毕竟不是衣锦还乡。

春爷把破败的老屋子收拾出来，修缮了一番，尽可能地给老婆孩子一个舒适的小窝。

春爷借了点钱，包了十几亩地，想方设法找项目。

他认为做饮料能挣钱，就自己研究了配方，上了简易的灌装设备。

在报纸上看到外地有一家投资公司，只身跑过去，打算好好说服投资人。

结果去了才发现，那是家皮包公司，他拔腿就跑，皮包公司的负责人愣是追了他三条街。

狼狈地回来，还不忘给黎黎买了一条项链，给大女儿买了一块手表，给二女儿买了一罐奶粉，带了几包火锅底料，晚上一家人吃火锅。

又一次失败，春爷抽着烟对老婆说，没办法，还得折腾，我还就不信了。

春爷又开始找项目，厂子面积不小，空着难看，春爷就在里面种了果树，种了菜，种了花。

到了春天，满院子的花都开了，女儿放学回来，和妈妈在花果间奋力自拍，欢声笑语。

春爷在一旁抽着烟看着，那是他能给老婆女儿为数不多的浪漫。

痛定思痛，这一次，春爷找到了合适的项目。开始生产防冻液，全部从头学起，大大小小事物一肩挑。新事物接踵而来，春爷苦学，微信、支付宝都玩得转，也开了微博和公众号。

厂子渐渐地有了规模，有了固定的客户，日子慢慢好了起来。

村子里的村民不爱喝自来水，井水又都污染了，春爷就自己上了净化设备，免费给村民提供饮用水。村民看春爷的眼光，慢慢地都和善了起来。

过年，我回老家，去给春爷拜年。

春爷给我泡茶，突然毫无征兆地问我，你说，我这辈子是不是很失败？到老了，还一事无成。

我跟春爷说，我最佩服两个人，一个是我爸，我爸用自己的前半生，给了家里稳定的生活，让我有机会去追求我想要的事业和生活。一个就是你，你让我明白了我们村常说的那句俗语：冻死迎风站，饿死不低头，庄稼不收年年种。不以成败论英雄。

我说完，春爷的眼神里，闪过了一些光。

我要回家吃饭，春爷送我到门口，我走出去，看到春爷站在厂子里，看着自己的小天地，那像一座花果山，里面到处都长着他的抱负，他的心气儿，他一路走来的甘苦。

他站在快要落山的太阳下，全身被镀了一层光，身影像天底下所有的父亲一样高大。

人生这个东西，重要的是经历过什么，而不是最后剩下了什么。

春爷，你从来没输过。

后记

她总是雨夜来

她总是雨夜来。

我跟她逛书店的时候，看到过一本书，书名叫《下雨天一个人在家》。

她说，这个书名让人觉得是写寡妇的，有小寡妇思春的感觉。我不想下雨天一个人在家。

所以下雨天她总是会来找我。

好在京津冀一体化了，路修得好，从她所在的小镇开车前往北京，用不了两个小时。

今天晚上又在下雨。

雨不太大，但会淅淅沥沥下一整夜。

人是奇怪的生物，会在下雨天觉得格外孤单。

我结束了一天的工作，推掉应酬，一早回家，做点自己喜欢的事情，不紧不慢地等她来。

在她来之前，我会提前准备好一个热乎的被窝，干毛巾，热水，浴盐，还有一个拥抱，她总是会一进门就砸进我怀里，像一颗小行星。

21：00

我消化着晚餐，看看时间，她应该已经在路上了。

她开一辆白色汽车，驾驶室里全是她的味道，她有时盛装打扮，有时候也素颜，这取决于她这一天的心情和小店里的忙碌程度。

我想象着她的白色汽车闯进夜色，穿越雨雾，音响里放着和爱情有关的甜美音乐，带着一身北方小城的烟火气，混合她身上的味道，给人一种美妙的感觉。

她脸上有疲惫之意，但车越往前开，笑就会爬上来。

在每一个雨夜奔向爱人怀里，讨一夜安眠。

我知道她心里觉得由衷的幸福，就像我自己一样。

我认识她时，她年纪尚浅，全身都是棱角，带着一身典型北方女孩的豪气。

我们约定好见面，原本应该七点结束的会议，一直开到十一点，而她在火锅店等我时，不得不一个人吃完一整桌的菜品。

等我匆匆赶到时，火锅店已经关门了，她气得要哭。

我只好不停地道歉。

她不接受。

我不知道怎么就福至心灵地抱了她，抱着抱着，就把她的坏脾气赶走了。

从那天开始，我的夜空里多了一颗星星。

22：00

这些日子，北方雨水很大，每次下雨都是洗礼，把被雾霾笼罩的北京清洗干净，看出去，风雨中灯火朦胧，格外顺眼。

因为总在下雨天等着见她，心里总是柔软的，一柔软就想写诗。

一来二去，还真的写了首诗给下雨天，给她。

下雨和见你

想你有两种方式
眼内
心底
见你有两种方式
看你
抱你
一场大雨这城市就陌生了
一见到你我就又是全新的了
我把下雨和见你叫作洗礼
世界上美好的东西不太多
立秋傍晚从河对岸吹来的风
二十来岁笑起来要人命的你

写完还挺得意，想着等她到了以后，让她读给我听，还有雨水伴奏。

她说她喜欢我的诗。
不过那是在认识我之前。
后来，她和我之间逐渐失去了距离，她就觉得我写得没那么好了。
这也难免。
诗人往往死于暴露。
失去神秘感的诗人，只能流俗，最后归于无趣。
用我写诗的能力换无限接近她，划算。

我跟她说，我本来就是个俗气不堪的人。
她说，没关系，你还有我的爱为你加冕。

有了她，我不需要王位和太阳了。

她说，我觉得我也可以写诗。
她还真就写了一首给我。

　　我不过是山林中的小野兽

♥　我先爱为敬

没心没肺

吃完就睡

不想活太久

只等春天来

在一个温暖的怀抱里死去

我听完，心里一颤，不知道该说什么，只好抱紧她。

她活成了诗歌本身，我也只能替她挡一挡世间的俗气。

23：00

我看着外面雨水织成斜线，计算着她距离我还有多远。

此时，挡风玻璃上雨刷反复经过，两侧道路上树梢摇落叶子，许多汽车在飞驰，都在赶往一个目的地，只不过有的是为了相聚，有的却是为了分离。

以前，我妈常说，人是有脚的动物。

意思是说，人因为有脚，就会和爱的人分开，去很远的地方，白天还在这里，晚上就可能在一千公里之外了。

到今天，我和她分开一个礼拜了，虽说小别胜新婚，但这一个礼拜等得还是挺心焦。

在她到之前，我只好想想她的缺点，以此来聊慰相思。

她脾气实在不算好。

对许多事情很计较，一吵架，就半夜出走，害得我满世界找。

找一两个小时之后，才在某个角落里找到她。

她还在赌气。

我又气又困，难免凶相毕露，两个人当街压着声音吵架，吓得流浪猫都不敢近前。

两个人骂骂咧咧地回到家，努力想要同床异梦，背对背睡过去，想着明天早上赶紧分手。

可惜睡到半夜，又不知道怎么抱在了一起，连昨晚为什么吵架也给忘了。

最为惊魂的一次，是公司出国团建，我和她在电话里吵起来，我一时没忍住，说了狠话，她竟然直接买机票杀过来，要和我当面吵清楚。

幸亏最后我劝住了她，她在飞机起飞之前，又匆匆下了飞机，惹来乘客们的白眼。

为了这件事，我和她大吵一架，差点分手。

后来我们常常提起这件事，作为性格不合的证明，每次吵架都会拿这件事来参照，一来二去这事儿就成了一个笑话。

而且后来我也被证明脾气差，我和她就像是两只刺猬，特别擅长互相刺痛。

在一起时间一长，洞悉彼此的缺点，互相厌弃又互相依赖。

她说，爱就是你和我的两颗心脏长出缠在一起的树根，越缠越紧，越缠越复杂，想解开是不可能了，要是迫不得已分开，只能生拉硬扯，弄个血肉模糊，谁也没法儿全身而退了。

好在我也不想全身而退。

她挺悲观。
对许多事情都悲观。
敏感得浑身长满触角。
这样一来，就不容易快乐。
许多时候和她相处，我要小心翼翼，以免踩到她某根触角，惹她眼泪下来。

敏感的女孩性感。
可敏感的女孩不算太好相处。
不过时间一长，倒是也习惯了。
我们在彼此面前近乎透明，也只有我俩能忍受彼此的不堪了。

她的敏感也有好处，许多时候都启发我。
作家嘛，总需要一个缪斯。
你现在看到的这本书，书名是她取的。

❤ 我先爱为敬

她说，要是一个男人跟女孩说，玩命爱一个姑娘。

女孩应该怎么回答呢？

我想不出来。

她说，女孩应该说，少年，我先爱为敬。

比起我，她更像是一个诗人。

00:00

雨大了起来。

她应该就要到了。

我怕她又粗心没带伞，热气腾腾地走进雨里，再把自己淋感冒。

每次她发起烧来，我抱她在怀里，就像抱一座小火山，她总是趁机撒娇，我想吃你煮的泡面，一定要在里面卧一个鸡蛋。

没什么比在雨夜吃一碗拥有卧鸡蛋的泡面更令人心安了。

雨很大。

我撑着伞走到停车场，期待看到她的白色汽车，等着她用车灯晃过我的眼睛，然后找到合适的位置，停下车，不由分说地砸进我怀里，叫我的名字。

我撑着伞，听雨水在伞上奏乐，任由裤脚湿透，我们紧贴在一起，缩在雨伞庇护的小小天空下，往家里走。

水已经烧开，泡面和鸡蛋都在等。

窗户玻璃上结满雾气，被窝正暖。

我们吃完泡面，洗好热水澡，躺进被窝里，谈论人间琐事，交换体温和人生意见，猜测对方这个雨夜会梦见什么。

我撑着伞，在雨水中静静地等她，纠结着要先亲她哪一边的脸颊。

直到我身后有了嘈杂的响动，我回过头，身后，一男一女撑着伞，眼神慌乱又着急，我一时间没有认出他们。

他们一左一右走过来，挽住我。我愣了一下，这才借着雨水中路灯的光，从他们眉眼中找出了我和她的样子。

我说，我在等她。她怎么还不来呢？

他们说，爸，妈已经走了两年了，您怎么又忘了？

我低头看到雨水中自己的倒影，这才恍然，原来我已经这么老了啊。

我不知道怎么就想起她用陶土做给我的一只碗，为此，还专门写了首诗：

如果我嫁了你

如果嫁了你
就给你买一个带花儿的小碗
看你吃完
好给你添